세상의 모든 것이 춤이 될 때

• **일러두기**

1. 외래어는 국립국어원 외래어 표기법을 원칙으로 삼았습니다.
2. 스트리트댄스 용어는 분위기를 전달하기 위해 그대로 사용했습니다.
3. 일부 사투리가 섞인 입말을 그대로 실었습니다.

세상의 모든 것이

팝핀현준 지음

춤이 될 때

시공사

팝핀현준은 평생 무대를 지켜온 나에게 '팬심'이 무엇인지 알게 해준 고마운 아티스트다. 그의 눈빛과 손짓 한 번에 심장이 멎었고, 뼈를 깎아 조각하는 그의 몸짓에 알 수 없는 뭉클함으로 가슴이 가득 찼다. 순수한 영혼을 장착하고, 뜨거운 열정을 뿜어내며 자신의 길을 묵묵히 걸어 '팝핀'을 예술의 경지로 승화한 그에 대한 깊은 공감과 존경의 마음이 나를 진정한 그의 팬으로 만든 것이었다.

그러한 팝핀현준을 무대 위가 아닌 글로 만난다는 것만으로 나는 또 다른 설렘을 느낀다. 왜냐하면 그의 진화는 멈추지 않고, 그의 표현은 예측할 수 없으며, 언제나 가슴에서 나오는 진짜 그의 이야기를 전달하기 때문이다. 그래서 나는 여러분에게 팝핀현준이 초대하는 이 책의 세계로 함께 빠져들기를 권유하고 싶다.

_김성녀(국악인, 동국대학교 석좌교수)

팝핀현준은 자신의 길을 묵묵히 걸어오며 춤의 대명사로 불리게 된 사람이다. 그러나 그것에 그치지 않고, 새로운 무대를 위해 끊임없이 갈고닦으며 노력하는 모습이 참 예쁜 사람이다.

'어떻게 하면 저리도 멋진 무대를 연출해낼 수 있을까?', '몸이 부서져라 싶게 열정적으로 춤추게 만드는 원동력은 도대체 무엇일까?' 늘 궁금했다. 그러한 물음에 화답하듯 펴낸 이 책이 참으로 반갑다. 팝핀현준의 멋진 춤 세계를 책으로 만나볼 수 있어 참으로 기쁘다.

_강부자(배우)

세월의 무게를 덜 수는 없지만 몸은 팝핀현준처럼 가볍게 움직이고 소리는 박애리처럼 깊게 내고 싶다. 나는 무엇을 할 수 있는 사람일까 고민하던 참에 몸은 가볍게, 소리는 깊게 내기 위해서 이 책을 펼쳐 든다.

_윤인구(KBS 아나운서)

나는 영원한 소년의 마음으로 세상을 바라보고 삶을 뜨겁게 마주할 줄 아는 팝핀현준을 참 좋아한다. 그는 언제 봐도 멋있다. 꿈과 열정을 풀어내는 몸짓도 멋있고, 진정한 춤꾼으로서 '중꺾마'(중요한 것은 꺾이지 않는 마음) 도 멋있다. 이 책에는 그의 '춤생'이 담겨 있다. 녹록하지 않은 삶의 여정을 긍정의 힘으로, 그리고 지치지 않는 열정으로 일궈 온 그의 춤생을 통해 많은 분이 새로운 희망을 꽃피울 수 있기를 소망한다.

_최진영(〈코리아헤럴드〉 대표)

# 나폴레옹의
# 모자처럼

첫 장을 넘기는 순간, 계절이 바뀌어 있었습니다.

이런 책이 되어야 하지 않겠느냐고 웃으며 말했습니다. 물론 그런 책이 되면 좋겠죠. 그렇게 저의 이야기를 재미있게 읽어주신다면 그것만으로도 감사한 일입니다.

하지만 제가 더 진심으로 바라는 것은 따로 있습니다. 이 책을 읽는 분들이 저라는 사람을 알게 됨과 동시에, 저를 통해 각자 자신에 대해 다시 생각해봤으면 합니다. 제가 많은 분께 가능성을 줄 수 있는 사람이길 바랍니다.

언젠가 우리나라를 대표하는 한 닭고기 전문 기업 회장님을 만난 적이 있습니다. 이 회장님은 2014년 프랑스 파리 인근 경매장에서 나폴레옹의 '이각<sup>二角</sup> 모자'를 26억 원에 낙찰받았습니다. 예상보다 네 배나 높은 낙찰가였는데, 모자 경매 사상 최고가라고 들었어요. 저는 회장님께 이렇게 높은 가격으로 낙찰받아야만 했던 이유를 직접 듣게 됐습니다.

이 프랑스식 검은 펠트 모자는 나폴레옹이 1800년 6월, 마렝고 전투 당시 직접 썼던 것이었다고 해요. 그는 이 모자를 자신이 지휘하던 부대의 수의사에게 선물했는데, 모나코 왕가에서 이를 사들여 소장해왔다고 합니다.

회장님은 평소에도 나폴레옹을 존경했는데, 이분께 나폴레옹은 저에게 찰리 채플린과 같은 존재였더라고요. '불가능은 없다'는 나폴레옹의 긍정의 힘이 본인을 여기까지 이끌었다고 하셨어요. 어머니와 형제들의 반대에도 불구하고 병아리 열 마리로 사업을 시작해 한 마리당 1조 원의 가치로 키울 수 있었다는 거지요. 그래서 나폴레옹의 모자를 통해 사람들에게 그의 도전 정신을 알리고 싶었다고 합니다. 돈 자랑 같은 건 언감생심이고 그저 본인의 롤 모델이었던 이 인물에 대해 사람들이 생각할 기회를 만들고 싶었다는 거지요. 그렇게 26억 원에 낙찰받은 모자를 현재 무료로 전시하고 있습니다.

저는 제 글이 그렇게 읽혔으면 해요. 저를 잘 모르시더라도 전시된 나폴레옹의 모자처럼, 서점에 놓여 있는 이 책 한 권을 통해 '이런 사람이 있구나. 이렇게 살아왔구나. 이 사람도 하는데 나도 할 수 있을 것 같아' 하는 생각의 전환점을 마련하셨으면 합니다. 팝핀현준도 했습니다. 여러분도 할 수 있습니다.

**춤으로 갈 수 있는 곳, 그 끝까지 갈 것입니다.**

나는 댄서다.

어릴 적 마이클 잭슨 문워크 춤을 보고

무조건 따라 했던 것을 시작으로 춤을 추게 되었다.

인터넷이 없던 시절, 스트리트댄스를 만날 수 있는 곳은 오직 길 위뿐이었다.

박남정, 현진영, 서태지와 아이들, 터보……

당시 우리나라 가요계를 춤으로 사로잡던 분들이다.

난 늘 꿈꿨다. 저 사람들이랑 같이 춤춘다면 얼마나 좋을까.

포기하지 않고 노력한 결과, 비로소 하나둘씩 그 꿈을 이뤄낼 수 있었다.

'지성이면 감천'이라는 말처럼 하늘은 스스로 노력하는 자를 돕고,

꾸준히 노력하는 자는 반드시 그 대가를 받는다는 세상의 이치도 깨달았다.

다시 한번 이 모든 일에 감사함을 느끼며 춤을 춘다.


나는 댄서다.

춤을 춘다.

# 목차

## PART 1           독보적인 춤꾼의 탄생

**PART 2**　　　　　　　　**팝핀현준의 춤을 말하다**

# PART 3 　　　　춤으로 인생을 배웠다

## PART 4 완성보다 계속 나아가는 삶

# 독보적인
# 춤꾼의 탄생

# 01

## 찰리 채플린,
## 춤으로 세상을 만났다

나에게 영감을 주는 존경하는 사람을 꼽으라면 단연 마이
클 잭슨이라 할 수 있는데, 스트리트댄스<sup>street dance</sup>를 추는 이들
에게는 이견이 없을 것 같다. 그 외에 다른 인물을 더 꼽으라고
한다면 나는 단연 '찰리 채플린'이라 말한다. 단순히 춤이 아닌
예술의 영역에서는 마이클 잭슨보다 찰리 채플린이 더 큰 영향
을 주었다.

"삶은 가까이서 보면 비극이요, 멀리서 보면 희극이다"라는
유명한 말을 남긴 채플린은 희극인이면서 동시에 배우, 영화감

독, 음악가로 활동한 종합예술인이었다. 그의 개인적인 삶은 모르겠지만, 적어도 예술의 영역에서만큼은 나도 그처럼 진정한 종합예술인이 되고 싶다.

찰리 채플린은 런던에서 태어나 어린 시절 영국 무대에서 아역으로 활동을 시작했는데, 아버지가 주선해 들어간 아동 극단에서 처음으로 코믹 연기를 선보여 호평을 받았다. 이후 형의 권유로 블랙모어 극단에서 나이를 열네 살로 속여 오디션을 보았고, 여기서 〈셜록 홈스〉 연극에 꼬마 급사로 출연해 호평을 받았다. 여러 무대에서 연기력을 쌓아가며 성장하던 그는 당시 영국 최고의 코미디 극단이었던 프레드 카노 Fred Karno에 들어가게 된다. 탁월한 연기로 단시간에 큰 호응을 얻게 된 그는 1911년, 미국 순회공연의 주역으로 발탁되었고 이때의 성공으로 미국 활동에 주력하게 된다. 그로부터 1년 뒤, 영화사 키스톤 스튜디오 Keystone Studios의 전속 계약 제의를 받고 희극배우로 진로를 바꾸게 된다. 무성영화에 출연하며 활동을 시작한 그는 불과 2년 만에 세계적인 스타로 성장한다.

1914년, 채플린은 두 번째 영화 〈베니스에서의 어린이 자동차 경주〉에서는 우리가 잘 아는 리틀 트램프 little tramp를 연기했는데, 여기서 선보인 콧수염과 중산모자, 큰 신발과 지팡이는 그의 상징이 되었다.

엄청난 순발력의 소유자. 이 탁월한 재능은 순간의 재치로 그에게 큰 신발, 지팡이, 모자를 들고 나오게 했다. 그는 자신 만의 위트로 〈위대한 독재자〉라는 영화에서 아돌프 히틀러를 풍자해 큰 히트를 쳤다. 이 작품은 리틀 트램프가 마지막으로 등장한 영화이자 처음으로 대사를 했던 작품이기도 했다.

찰리 채플린이 작곡한 재즈곡 〈스마일〉. 원래 이 곡은 1936년 그의 대표작인 영화 〈모던 타임스〉의 오리지널사운드트랙으로 악기로만 연주된 곡이었다. 찰리 채플린이 여주인공에게 "언제 나 희망을 잃지 않으면 밝은 미래가 온다"고 말하면서 힘차게 걸어가는 마지막 장면에 사용되었는데, 실은 그가 직접 작곡한 곡이다. 그는 마지막 한 음을 수천 번 썼다 지웠다 반복했다고 한다. 덕분에 악보의 그 부분만 볼록하게 올라와 구멍이 났다 고. 이 곡을 완성하기 위해 악보에 구멍을 낼 정도로 집념이 강 했던 그는 이 밖에도 많은 곡을 직접 작곡하고, 바이올린 연주 를 하기도 했다. 대중적으로는 이 곡에 가사를 붙여서 냇 킹 콜 <sup>Nat King Cole</sup>이 1954년에 처음 불렀던 〈스마일〉이 가장 잘 알려져 있다.

찰리 채플린의 천재성과 위대함은 일일이 열거하지 않아도 모두가 알 만큼 훌륭하지만, 내가 그를 존경하는 이유 중 하나는 바로 그의 열정과 재능이다. 타고난 재능을 어떻게 키워내느냐는 바로 열정에 달려 있는데, 구멍 낸 악보처럼 무언가에 미쳐 있지 않으면 명작들을 만들어내기 어려웠을 것이다. 미쳐 있지 않으면 아무것도 만들어낼 수 없다.

어찌 보면 단순하고 유치해 보일 수 있는 슬랩스틱코미디. 지금도 누구나 편하게 그가 남긴 작품을 볼 수 있는 건 내용과 그 의미가 쉽게 전해지기 때문일 거다. 하지만 그 작품들은 보이는 것처럼 단순하거나 유치한 내용이 아니다. 오감을 다 열어 연기하면서 앞에 앉은 청중이 나를 어느 쪽으로 바라보고 있는지, 연기에 필요한 동작과 소리가 언제 어떻게 맞아떨어져야 하는지까지 계산해야 나올 수 있는 작품이다. 즉 총체적인 고민과 연구가 만들어낸 결과물인 것이다.

장르를 넘나드는 재능과 재능을 뒷받침하는 열정, 배우이자 코미디언, 영화감독이자 음악가였던 만능 엔터테이너로서의 그가 내가 바라는 나의 모습이다. 춤이 좋아 시작했고 춤으로 이름을 알렸다. 그 외 노래와 연기를 하고 작품을 구상하고 무대를 연출하며 그림을 그리는 일들. 하고 있으면서도 여전히 꿈꾸는 일들이다.

**완성이라는 것은 없다. 계속해서 다듬는 것일 뿐.**

# 02

## 일상의 소음도
## 춤이 된다

믿으실지 모르겠지만 중학교 시절까지, 내가 가장 좋아한 음악가는 볼프강 아마데우스 모차르트였다. 1980년대 중반, 우리 집 거실 한가운데에는 큰 전축이 있었고 방마다 작은 오디오와 TV, 뻐꾸기시계가 있었다. 나름 부잣집 아들이었다. 방마다 오디오가 있어서 음악을 쉽게 접할 수 있었는데, 이유는 모르겠지만 당시 모차르트 음악이 너무 좋아서 자주 들었다. 아버지는 이를 무척 신기해하셨다.

"너 이게 뭔지 알아?"

"클래식 음악이요."

"이게 좋니?"

"좋아요."

"이런 거라면 내가 열 개라도 사주마."

대체 이런 취향은 어디서 온 거지? 지금 생각해도 신기하다. 두 살 터울의 형은 당시 최고 인기를 누리던 그룹인 A-Ha의 〈Take On Me〉를 좋아했는데, 아버지는 어린 아들이 클래식을 좋아한다니 기특해하셨다.

당시 모차르트의 삶을 다룬 영화 〈아마데우스〉를 보고 크게 감명했다. 이 영화는 1985년 작품인데, 어린 나이였기에 어쩌면 그 감동이 더욱 강렬하게 다가왔던 것 같다. 한창 모차르트를 즐겨 듣던 시기, 나의 감성은 오롯이 그로 충만했다.

사람들과 이야기하다 우연히 이 시절 이야기가 나왔는데, 누군가 내 과거 취향이 지금의 나에게 영향을 미쳤을까 궁금해했다. 오늘날 예술과 관련된 다양한 일을 하고, 다방면에 걸친 여러 작업을 하는 걸 보면 어쩌면 관련 있을 수도 있겠다.

뉴욕에 갔을 때였다. 도시는 그곳에서만 들을 수 있는 소리로 가득했다. 사이렌 소리, 공사장 소리, 경찰의 호루라기 소리, 사람들이 내지르는 소리. 듣고 있자니 그곳이 아니면 들을 수 없는 소리들이었다. 같이 있던 지인에게 말했다.

"우리 이 소리를 모두 담아 음원을 만들자."

지인은 너무 좋은 아이디어라며 곧바로 실행에 옮겼고, 그렇게 〈사운드 오브 뉴욕〉(《WE THE ONE》 앨범에 실린 〈POPPIN HYUN JOON〉이 바로 그 곡이다)이 만들어졌다.

뉴욕 도심의 앰비언스<sup>ambience</sup> 소음. 호루라기의 '삑' 소리에 '둥, 탁!' 하고 떨어지는 무릎과 손끝. 댄서이기 때문에 이게 되는 걸까? 그건 또 아니다. 사실 우리는 모든 소리를 춤으로 표현할 수 있다. 그걸 더 잘 발견하고 확실하게 표현하는 게 나일 테고.

언젠가 독일 〈저머니즈 갓 탤런트〉에 초대되어 갔는데, 그곳에서 나를 이렇게 소개했다. "He can dancing even toilet flushing sound(화장실 물 내리는 소리도 춤으로 표현할 수 있는 사람)."

소리로 표현되는 것은 모두 춤이 될 수 있다.

그러니 춤을 추면서 모든 기회를 맞이해보는 건 어떨까!

# 03

## 타고난 재능이
## 마이클 잭슨을 만났을 때

내가 좋아했었던 마이클 잭슨

이건 내가 마이클 잭슨을

좋아해서 표현하는데

내가 한번 보여줄게

노래 랩 댄스 그게 다가 아니야

느낌으로 아주 재미있게 보고 즐겨봐

멋있는 척하는 게 아니야

진짜 마이클 잭슨은

멋대로 네 맘대로 모든 걸 표현해봐

나의 몸을 미치게 만들었던 미스터 잭슨

두려워하지는 마 네 모든 걸 맡겨봐

나를 가만히 놔두지 않았던 마이클 잭슨


2015년 발표했던 《I'M NAMHYUNJOON》이라는 앨범에 〈Miss Jackson〉이라는 곡이 실려 있다. 직접 쓴 가사인데, 어린 시절 나에게 마이클 잭슨이 어떤 의미였는지 보여주는 대목이다.


어머니가 어디 가서 내 사주를 보면 늘 '갓 쓰고 피리 부는 사람'이 나왔다고 한다.


"얘 대학 보낼 겁니까?"

"왜요?"

"얘 대학 안 갈 텐데……. 얘는 공부 안 할 거예요. 근데 지가 알아서 잘 사니까 안 한다는 공부 억지로 시키지 말고 놔두세요."


사주에도 춤추는 팔자는 또렷했는지 어머니는 '애초부터 얘는 공부와 거리가 있으니 그저 잘 관리해줘서 나쁜 길로 빠지지 않게만 하자'고 생각하셨던 것 같다. 중학교 시절 몇몇 친했던 친구들이 호주로 유학을 간다고 했다. 나 역시 어머니께 유학을 가고 싶다 하니 안 된다면서 공부할 거면 여기서 하라고 하셨다. 자식이 유학을 가고 싶다고 하면 보통 이를 기특하게 여기는 게 일반적일 텐데, 어머니는 아마 내가 나쁜 친구들과 어울려 어둠의 세계로 빠질 거라 생각하셨던 것 같다. 결국 친구들만 유학을 갔고, 점쟁이의 말이 맞았는지 공식적인 내 학력은 중졸이 되었다.

요즘 가족끼리 해외여행을 가면 대부분의 통역을 내가 맡는다. 스스로 터득한 영어로 외국인과 대화하면 어머니는 "가르쳐주지도 않았는데 잘한다"며 아직도 신기해하신다. 중졸이 영어도 잘한다면서 "그때 내가 널 유학 보냈으면 춤은 안 췄을 텐데……" 하신다. 하지만 이어서 "공부하고 춤을 안 췄으면 박애리를 못 만났을 테니, 공부 안 하길 잘했다" 하신다. 농담 같은 진담이다.

그도 그럴 것이 춤을 출 수밖에 없었던 이 재능은 외할머니로부터 물려받은 거다. 외할머니는 기막힌 춤꾼이셨다. 미군 부대에서 춤추고 노래하는 가수셨는데 할머니의 소울, 피의 재능이 나에게 고스란히 전해진 거다. 그러니 어머니도 본인의 어머니로부터 받은 선물에 뭐라고 토를 달기 어려웠을 거다.

따로 한국무용을 배운 적은 없는데, 가끔 소리하는 선생님들께서 "자네, 무용 배웠나?" 하고 물어보실 때가 있다. 어머니도 내가 춤추는 모습을 볼 때, 얼핏 외할머니가 보이기도 한다 하셨다. 나의 손짓과 몸짓에 할머니가 어려 있기도 하겠다. 할머니의 춤사위에 담겨 있는 한국인의 정서와 소울이 지금 내가 추는 춤을 더 다양하게 만들었을 거다. 그렇게 피의 재능이 마이클 잭슨을 만났을 때 팝핀현준이 시작되었다.

내 춤의 시작점은 마이클 잭슨의 문워크였는데, TV에서 본 그의 동작은 신선하면서도 신기했다. 왜 우리가 강렬하게 인상 깊은 무언가를 보고 나면 계속해서 관련된 것만 눈에 들어오지 않나. 어느 날 TV를 켰더니 이번엔 가수 박남정이 〈사랑의 불시착〉을 부르면서 마이클 잭슨과 비슷한 춤을 추고 있었다. '와, 한국에도 마이클 잭슨이 있구나!' 그 후 한참을 박남정의 춤과 노래로 보냈다.

그러다 초등학교 4학년 때였나, 아람단에서 단체로 여행을 갔다. 그날 밤 선배 형 둘이 팬터마임<sup>pantomime</sup>을 하며 춤을 췄는데 이 모습이 멋있기도 하고, 재미있어 보이기도 해서 나도 해보고 싶었다.

"어떻게 하는 거야?"
"네 앞에 벽이 있다 생각하고 벽을 만져봐, 이렇게."

형들을 찾아가 물으니 춤을 가르쳐주었다. 곧이어 난 우리 반에서 춤을 제일 잘 추는 친구가 되었고, 그다음은 우리 학교에서, 또 그다음은 우리 동네에서 춤을 제일 잘 추는 친구가 되었다.

중학교를 들어가며 동부이촌동으로 이사했다. 이사 간 동네에서 미군 부대가 가까워서인지 친구들은 당시 엠씨 해머, 머라이어 캐리, 마이클 잭슨 같은 가수의 팝을 많이 들었고 엑스-재팬 같은 일본 음악에도 익숙했다. 나 역시 자연스럽게 이러한 장르를 접하게 됐는데 이때 처음으로 일본 댄스 그룹의 비디오를 보게 됐다. '다른 나라 사람들은 이렇게 추는구나.' 폭발적인 관심과 미친 실행력으로 이때부터 본격적으로 춤을 추기 시작했다. 당시 춤을 좋아하던 친구 서너 명과 몰려다니며 춤을 추곤 했는데, 우리는 '청사'라 불렀던 남영동의 청소년 사업관을 자주 드나들었다. 그때는 단지 춤이 좋았을 뿐, 지금의 모습을 꿈에도 상상하지 못했다.

# 04

## 초대받지 않은
## 잔치에 가다

우리는 다른 학교에 있는 춤 잘 추는 애들과 겨루기 위해 돌아다녔다. 남달랐던 우리는 다른 학교 선배들과도 견주는 그런 팀이었다.

한번은 영동고등학교 축제에 난입해 그 학교 축제를 망친 적이 있는데, 3학년 댄스부 형들의 공연이 예정되어 있었다. 우리 팀은 따로 초대받지 않았으므로 축제가 벌어지고 있는 학교에 들어가 운동장 옆 공터에 붐박스를 가져다 놓고 춤을 췄다. 금세 수백 명이 우리 춤을 보기 위해 모여들었다. 반대로 아무도 찾지 않는 3학년 형들의 무대. 댄스 공연이 있다고 안내 방송이 나오는데도 다들 자리를 뜨지 않았다.

그러자 댄스부 형들이 우리에게 다가왔다. 관중이 본무대보다 무대 밖 이방인들에게 더 몰려 있으니 그럴 만했다. 형들은 배틀을 제안했는데, 당시 고등학교 1학년이던 우리가 다른 학교 3학년에게 도전을 받은 것이다.

"야, 너희 춤 잘 춘다."

배틀 끝에 결국 형들은 어깨를 두드려주고 떠났다. 당시 우리가 춘 춤은 어디서 정식으로 배운 것이 아니었다. 춤 잘 추는 사람들을 보고 따라 하며 몸으로 익힌 것이었다. 우러나오는 대로 몸을 돌리고 꺾어 어설프게 흉내 내던 춤. 그래도 그것은 엄연한 브레이크댄싱, 비보잉이었다.

그렇게 고1 시절을 보내다 집이 부도를 맞게 되었다. 집에 빨간 딱지가 붙고 부모님과 뿔뿔이 흩어지게 되었고 살던 집에서도 쫓겨나게 되었다. 집에서 쫓겨나니 제대로 학교에 갈 수 없었고, 학교에 가지 않으니 자연스레 불량한 친구들을 만나게 되었다. 주로 춤에 깊게 빠져 있던 그들은 무용단에 다니거나 밤무대에서 일했다. 그들 역시 학교를 안 다니니 옷 입는 거며 머리 모양, 행동까지 누가 봐도 불량했다. 이 친구들과 가까이 지내면서 나 역시 정식으로 어둠의 문화에 스며들게 되었다. 이 세계에 제대로 입성한 것이다. 그러면서 찾게 된 건 '어디 가면 진짜 춤 잘 추는 형들을 만날 수 있느냐'는 거였다. 학교 에 가지 않으니 내가 알고 싶었던 것을 찾아 나서기에 더없이 좋은 환경이었다. 여기저기 수소문을 하니 무용단으로 가라는 답이 돌아왔다.

그렇게 보라매공원 근처에서 꽤 이름을 날리던 한 무용단을 찾아갔다. 후에 이 무용단은 유명 가수들과 함께 무대에 오르기 도 했는데, 난 들어간 지 일주일 만에 이곳에서 쫓겨났다. 어리 게 생기기도 했고 키도 작았던 나를 두고, "뭐 이런 초등학생 같은 애가 춤을 추려고 하냐?"며 키가 맞아야 무대에 설 텐데 너무 작아서 무대에 세울 수도 없다는 것이었다. 이런저런 말 들이 오가던 일주일 동안 연습실 걸레질만 했다. 그러다 어느 날 문득 거울을 보고 몰래 딱 한 번 춤을 췄는데, 그 모습이 발 각되어 형들에게 혼쭐난 후 그곳에서 쫓겨났다. 허락 없이 거 울 보고 춤을 췄다는 이유였다. 그땐 그랬다.

무용단에서 쫓겨나 또다시 여기저기를 떠돌았다. 당시 우리나라에서 제일 춤 잘 추는 사람들이 모인다는 전설의 클럽이 있었는데 바로 이태원의 문나이트였다. 대한민국 댄스 뮤직의 성지. 길바닥 춤꾼이 다 모인다는 곳. 그렇게 무용단에서 쫓겨나 전전긍긍하던 나는 이곳에서 나의 운명을 바꾼 사람을 만나게 된다.

# 05

## 문나이트의
## 밤을 만나다

바람이 찼다. 이날도 이태원 한 바퀴를 돌았다. 이태원 소방서 골목으로 들어가 보광동으로 넘어가는 오르막길, 'MOON night.' 까만 바탕에 빨간 테두리의 간판. 그 옆으로 서 있는 전봇대에 얼기설기 수많은 전선이 서로의 몸을 걸치고 있었다. 문나이트의 문을 열고 들어섰다. 늘 만나는 형들, 같이 춤추는 친구들이 보였다. 서로의 어깨에 걸치고 있는 팔이 꼭 전봇대에 매달린 수많은 전선 같았다. 서로의 무게에 의해 더 처지는 것 같으면서도 걸쳐 있지 않으면 매달려 있을 수 없는 전선들 같았다.

무대로 향한다. 손끝을 꺾고, 손끝의 웨이브를 팔로 옮겨와 팔에서 가슴까지 분절된 것처럼 절도 있지만 부드럽게 움직임을 가져온다. 분절된 것을 표현하면서 그것을 부드럽게 하나로 잇는다는 것은 역설적이다.

재미있는 건, 내가 무대의 끝에서 춤을 시작해도 나중에는 늘 자연스럽게 무대의 중앙에 가 있다는 거다. 춤이라는 것이 한자리에서 추는 것이 아닐뿐더러, 결국 거기가 어디든 내가 있는 곳이 곧 무대의 중심이 된다는 것. 내가 춤을 잘 춘다는 이야기가 아니라, 온 정신을 다해 무언가에 집중하면 지금 그걸 하고 있는 나 자신이 주인공이 된다는 이야기다. 하지만 그럼에도 당시 문나이트는 아무나 나가서 춤출 수 있는 곳이 아니었다. 체크무늬 바닥 무대에서 춤을 추려면, 실력은 기본이고 그 바닥의 인맥과 깡이 있어야 가능했다. 그곳에서 춤을 추며 오가는 형들과 안면을 텄고, 현진영 형과도 인사를 나누는 사이가 되었다. 이렇게 대한민국에서 가장 춤 잘 춘다는 사람들 사이에 있으니 자연스레 다음으로 내가 갈 곳이 정해졌다.

나는 압구정동에 있는 이주노 형의 사무실을 찾아갔다. 사무실에서 형에게 정식으로 인사한 후 내 춤을 보여드리기까지는 6개월이 걸렸다. 형은 당시 대한민국에서 춤으로는 일인자였다. 그래서 워낙 바쁠 때였으니 주노 형의 회사 오디션에 합격한 나를 다시 보는 데 6개월이나 걸린 것이다. 6개월을 오가며 인사를 드려도 내 얼굴을 기억하지 못하셨는데, 그러다 만난 어느 날 내 춤을 보여드리니 그날로 내 이름을 외우셨다.

# 06

## 이주노와
## 영틱스클럽


　나에게는 내가 생각해도 다행스러운 것이 있다. 좋은 것만 기억하는 편이라는 점, 긍정적이라는 점, 그리고 어떤 상황이 와도 이를 뚫고 나갈 힘을 가지고 있다는 점.

　이런 성격은 나쁜 기억이나 트라우마를 스스로 극복할 수 있게 해주는 약이 되었다. 낙천적인 면은 어머니를 닮은 것 같은데, 어머니는 문제를 맞닥뜨리면 당황하지 않고 방법을 먼저 찾으셨다. 이런 면을 닮아 나 역시 어떠한 상황에서 안 된다는 생각은 별로 한 적이 없다. 당연히 된다는 전제하에 다음 스텝을 준비했다. 그러고 보면 난 주어진 일이 되는 것만 생각하지, 안 될 수도 있다는 가정으로 대안을 마련하던 일은 없었던 것 같다. 해보고 안 되면 그때, 또다시 시작하면 됐다.

생각해보면 인복도 있는 편인데, 좋은 사람들을 만날 수 있는 기회가 시기적절한 때에 찾아와준 것은 너무나 감사해야 할 일이다. 기본적으로 실력을 갖춘 사람에게 운과 시기와 사람이라는 요소는 하고자 하는 일에 박차를 가하게 해주는 촉진제 같은 역할을 한다. 물론 아무리 좋은 사람들이 곁에 있다 해도 제대로 알아보지 못하거나 흡수할 힘이 없으면 나의 인연으로 가져갈 수 없다. 누군가가 나에게 좋은 사람인지, 도움이 되는 사람인지는 서로가 알아본다고 생각한다. 물론 과거에 나에게 좋았던 사람이 지금은 그렇지 않을 수 있고, 나에게 좋지 않았던 사람이 지금은 도움이 되는 인연일 수 있다. 인연도 시기가 맞아야 맺어지는 듯하다.

이런 내 성격과 생각 때문이었는지는 몰라도, 지금까지 25년여 동안 알고 지내면서 난 주노 형의 좋은 모습만 기억하고 있다. 춤을 추기 위해 나이트클럽과 뒷골목을 전전하던 시절의 나를 구제해준 사람. 집이 부도난 뒤, 갈 곳이 없어 노숙하던 나에게 잠잘 곳과 먹을 것을 제공해준 사람. 거기다 추고 싶은 춤을 안정적으로 출 수 있도록 기회를 제공해준 사람. 나에겐 은인이었다. 그때 주노 형을 만나지 않았다면 지금의 나 역시 없었을 테니까. 지금까지 형에게 섭섭하고 아쉬웠던 적이 없다면 거짓말이겠지만 그래도 내가 형에게 가져야 할 마음은 단연 고마움이다. 나의 시작을 있게 해준 사람이기 때문이다.

그렇게 주노 형의 회사로 들어간 나는 1998년 그룹 '영턱스클럽'에 합류하게 된다. 영턱스클럽의 4집 멤버로 들어가게 되는데, 작은 체구지만 춤으로 무대 위에서 존재감을 뿜내는 데에는 문제가 없었다. 하지만 당시 최고의 인기를 누리던 기존 멤버들의 기세가 만만치 않았다. 그 시절 가요계의 시스템, 형과 누나들 사이에서 인기 그룹의 막내로 버틴다는 건 쉬운 일이 아니었다.

가수 데뷔는 더없이 좋은 기회였지만 이를 유지하는 건 쉬운 일이 아니었다. 노숙과 생활고, 외로움과 슬픔에서 조금은 벗어날 수 있었지만 새로운 환경이 주는 압박과 스트레스는 또다른 문제였다. 무대에 오르며 좋았던 점도 많았지만, 견뎌야할 무게도 상당했다. 시간이 지날수록 활동하기가 더 힘들어졌다. 가수가 너무나 하기 싫었다. 주노 형에게 이런 이야기를 털어놓자 형이 말했다.

"지금은 힘들어도 이런 활동이 나중에 너에게 도움이 될 거야. 네 재능을 더 크게 펼치는 데 발판이 될 거고. 그렇지 않더라도 어떤 방식으로든 이 시간이 도움되는 날이 있을 거야. 네 세상이 올 테니까 조금만 더 해보자."

형은 나를 위해서이기도 하지만 스트리트댄스를 추는 후배들을 위해서라도 우리가 이름을 알려야 한다고 했다.

"내가 아끼는 후배들이 춤추기 좋은 환경을 조금이라도 빨리 만들고 싶어. 난 춤추는 사람들이 늘 배고파야 하는 현실을 바꾸고 싶어. 추고 싶은 춤을 추면서 돈도 벌고 성공도 할 수 있어야지. 근데 그러려면 우리가 먼저 그런 힘을 가져야 해. 그러기 위해서 너한테 같이하자고 한 거고. 지금은 자본이며 힘이며 내가 그걸 도와줄 수 있는 여건이 되니까……. 형이 널 꼭 스타로 만들어줄게."

형은 확신에 차 말했다.

"네가 그렇게 되면 남들보다 먼저 무대 위의 주인공이 되는 거고, 그러면 사람들은 네가 하는 이야기를 들어줄 거야. 너의 이야기를 들어주는 사람들이 생기는 거지. 그런데 네가 주목 받지 못하면, 아무리 옳은 말을 해도 사람들은 관심 갖지 않아. 연예인, 공인이 되면 사람들은 네가 하는 말에 관심 가져줄 거 야. 네가 신$^{scene}$을 생각하고 후배들을 생각한다면 이런 활동을 해야 해. 너를 위해서라도."

그렇게 시작한 영턱스클럽. 난 형의 말대로 노래하고 춤만 추면 될 줄 알았다. 그런데 내가 거쳐야 하는 관문은 생각보다 많았다.

# 07

## 형의 바람,
## 나의 바람

영턱스클럽에 합류하게 된 것은 1998년 4집 활동부터였다. 영턱스클럽은 데뷔곡 〈정〉으로 활동하던 시절에 'H.O.T'의 〈전사의 후예〉를 누르고 가요 프로그램 1위를 하던 최고의 인기 그룹이었다. 그러니 이미 최고의 스타가 되어 있던 기존 멤버가 신입 멤버에게 영광의 자리를 함께 내어주기란 쉽지 않았을 거다.

우리를 대하는 이들도 마찬가지였다. 원년 멤버와 신입 멤버 간에 늘 차등을 두었다. 방송국도 신입 멤버를 쉽게 인정해주지 않았는데, 심지어는 대기실도 원년 멤버와 신입 멤버가 따로 사용했다. 지금은 이해하기 힘든 일이지만 당시에는 모두가 우리에게 반말을 했다. 방송국 스태프, 스타일리스트와 같은 관계자 전부 그랬다. 요즘 같으면 상상도 할 수 없는 일이겠지만…….

한번은 준비된 옷이 마음에 들지 않아 스타일리스트에게 나에겐 어울리지 않는 것 같아 입기 싫다고 말했더니 그 옷을 내 얼굴에 던져버렸다. 머리 염색을 하고 싶다고 했더니 안 된다면서 내가 하기 싫었던 뱅 헤어로 앞머리를 잘라야 한다고 했다. 싫다고 했더니 "어머, 너 그거 싫어? 하기 싫어? 얘, 얘는 아무것도 해주지 마"라고 다른 사람들이 다 듣도록 면박을 줬다. "우리가 너 예쁘고 멋있게 해주려고 하는 거지 괜히 이러겠니? 넌 그냥 '네, 알겠습니다' 하고 입혀주는 거 입고, 발라주는 거 바르면 되는 거야. 내가 ○○, ○○, ○○ 다 스타일링했어." 스타일리스트 누나는 내로라하는 선배 가수들 이름을 나열하며 더 이상 아무 말 못 하게 했다.

"야, 신인! 너 이름이 뭐니? 이리 와봐. 와서 이거 읽어봐."
"중간에 들어온 신인 주제에 무슨 영턱스……. 그건 이주노 씨의 바람이지. 우리의 영턱스는 그런 영턱스가 아니잖아?"

방송국 사람들도 마찬가지였다. 어떻게 읽어야 하는지 알려주지도 않고 "그거 아니잖아. 됐어, 나가봐" 하며 반말로 쏘아붙였다. 이제는 이렇게 이야기하지만 그 시절에는 다들 왜 그렇게 무례하고 무식했는지 모르겠다. "죄송합니다." 영턱스 클럽으로 활동하는 내내 이 말을 달고 살았다. 모두가 인정하지 않는 분위기는 나를 더욱 압박했다. 작아지게 했고, 기죽게 만들었다. 매일매일 눈치 보며 마음 편히 있어보지 못했다. 숨쉬기 힘든 날들. 버텨보려 했지만 더 이상은 힘들었다. 도저히 못 하겠다며 울면서 3개월 만에 도망쳤다.

본인도 겪었던 일이니 주노 형도 내 마음을 너무나 잘 알고 있었다. 상황이 똑같진 않았지만 인기 그룹의 멤버로 오랜 시간을 지낸다는 건 쉬운 일이 아니다. 지금도 마찬가지일 거다.

"형도 힘들었잖아요. 근데 왜 자꾸 나한테 지옥을 경험하게 하세요. 저는 그렇게 성공 안 해도 된다고요. 저는 춤으로 성공할 거라고요."

울면서 형에게 내 속마음을 모두 던져버렸다. 형은 나를 한참 쳐다보더니 말했다.

"그럼 춤으로 뭘 할 건데, 뭘 할 수 있는데."

"그냥 형 밑에서 평생 춤출게요. 춤으로 끝까지 갈 거니까, 저 그냥 춤만 추게 해주세요."

"그래, 그럼. 그렇게 해."

주노 형은 회사 소속 아티스트로서 맺은 나와의 계약서를 찢어버렸다.

# 08

## 팝핀현준과
## H.O.T

나를 이해한다는 뜻이었다. 나의 뜻을 존중한다는 의미였
다. 그런 의미로 형은 내 앞에서 계약서를 찢었다.

내가 주노 형의 회사에 소속된 건 1997년 초였다. 지금도
기억나는 게 1997년 이미 주노 형의 회사 소속 아티스트였을
때, 당시 H.O.T 멤버 가운데 한 명이 본인의 춤을 좀 더 업그
레이드 하고 싶다며 사무실로 찾아왔다. 당시 영턱스클럽의 리
더였던 승민이 형은 업계에서 누구나 인정하는 최고의 댄서였
다. 형은 사무실에 찾아온 누군가를 소개해주면서 말했다. "현

준아, 알지? 우혁이."

H.O.T 장우혁이 춤을 보완하고 싶어서 오다니. 지금 주어진 스케줄을 소화하는 것만으로도 벅찰 텐데 역시 스타는 다르구나 싶었다. 우혁은 누가 뭐래도 당대 최고의 스타였다. 나중에 나는 우혁이와 동갑이란 걸 알고 친구가 되었지만, 당시에는 연습실을 찾아온 이 친구에게 뭔가 보여줘야겠다고 생각했다. 아마 나도 미처 눈치 못 챈 시기심과 질투, 혹은 치기 어린 자존심이 조금은 작동하지 않았을까? 우혁이에게 내 춤을 좀 보여줘야겠다 싶었다. '춤을 더 보강하려고 이곳을 찾은 친구니까 내가 좀 열심히 추면 내 실력을 알아봐주지 않을까' 하는 생각을 했다. 정말 열심히 췄다. 모르는 사람이 없는 인기 스타에게 춤으로 인정받으면 무언가 보상받는 기분이 들 것 같았기 때문이었을까? 내 춤이 멈추자 한참을 쳐다보던 우혁이가 다가오며 말을 걸었다.

"너무 놀랐어요, 정말 잘 추시네요. 한국에도 이런 사람이 있군요. 이름이 뭐예요?"
"남현준이에요."

우리는 간단한 통성명을 하고 그렇게 헤어졌다. 승민이 형은 우혁이가 간 뒤에 네 춤을 보고 우혁이가 반한 거 같다며 나를 치켜세워줬는데, 조금 우쭐했지만 그냥 그뿐이었다. 우혁이가 H.O.T로 데뷔한 건 1996년이었는데 그게 1997년도 일이었고, 난 이듬해 영턱스클럽으로 데뷔하게 된다.

주노 형이 계약서를 찢어버리기 전, 영턱스클럽으로 활동하던 3개월 동안 H.O.T를 방송국에서 두어 번 마주쳤다. 확실히 그들에게서 뿜어져 나오는 아우라는 남달랐다. 영턱스클럽과 H.O.T가 함께 활동하던 시기였는데 우연치 않게 두 팀 다무대의상으로 흰옷을 입고 있었다. 한데 복도에서 마주친 그들에게 절로 "안녕하세요" 하고 먼저 인사를 건넬 만큼 알 수 없는 빛이 뿜어져 나오고 있었다. 반사적으로 인사를 한 내 자신이 비굴해 보였다.

H.O.T가 처음 만들어질 때 잠실에서 멤버 중 한 명을 마주친 적이 있다. 당시 문희준 씨는 '송파구 노란 바지'라는 별명으로 유명했는데, 아마 이때였을 거다. 그때 같이 춤추던 친구들이 문희준 씨에게 물었다. "넌 뭘 하는데 옷을 이렇게 입었어?" 그러자 문희준 씨는 본인을 가수라고 소개하며 이 앞에 SM기

획이라고 있는데 H.O.T라는 그룹을 준비 중이라고 했다. 그때
는 그저 '춤을 좋아하는 친구인가 보다' 했는데 그 친구가 데뷔
를 하더니 어느새 최고의 인기 그룹이 되어 있는 것 아닌가.

'저들보다 내가 더 잘 출 수 있는데 아직 기회가 안 와
서…….' 나는 이런 생각을 하며 계속해서 자격지심을 더해가
고 있었다.

# 09

## 솔직하게 보여주고
## 평가받는 게 좋아

예쁘게 포장돼 카메라 앞에 서는 것보다 있는 그대로의 모습을 솔직하게 보여주고 평가받는 게 더 좋다. 사람들이 오로지 춤으로 나를 평가하고 알아줬으면 하는 마음인거다.

하지만 현실은 그렇지 않았다. 모든 사람들이 내 마음 같진 않았다. 비교적 최근까지도 나는 그걸 잘 몰랐다. 출 수 있는 만큼 추고, 있는 그대로 평가받고, 각자 주어진 일을 하면 되는 거였다. 일종의 비즈니스나 친목을 도모하는 일, 좋은 말로 우호적인 관계를 만드는 일 같은 게 왜 필요한지 잘 몰랐다. 필드에서 춤추며 틀에 얽매이지 않는 것이 좋았다.

그렇게 주노 형의 회사에서 나와 홀로 춤췄다. 소문을 듣고 찾아온 사람들에게 안무를 짜주고 춤을 가르치며 지냈다. 대부분이 당시 이름 있는 연예인이었다. 연습실만 제공해줬던 주노 형은 달리 해준 것도 없는데 스스로 성장하고 있는 나를 지켜보고 있었다. 따로 관리해주지 못했는데도 자리를 잡아가는 나를 보며 '이놈은 재능이 있다'고 판단했다고 한다.

"내가 살짝만 만져주면 너 진짜 잘될 수 있을 것 같은데…… 어때? 한 번 더 해보자."
"에이, 형. 순댓국 사 먹을 돈도 없는데 무슨 가수예요."

말도 안 되는 얘기라며 난 귓등으로 들었다. 하지만 형은 진지했다. 본인에게 생각이 있다며 이야기를 시작했다. 그렇게 다시 난 솔로 가수 데뷔를 준비하게 된다.

안 될 게 뭐야 다시 생각해봐
내일은 널 위해 기다리는데
볼 수 없어도 느낄 수 있잖아

세상 앞에서 너를 보여줘


어둠은 결국 내일의 희망을

준비하기 위한 시작일 거야

언제나 태양은 불타오름을

이제는 깨달을 그 시간이 왔다


운명을 피할 수 없다라면

그대여 그 운명에 당당하게 맞서라

# 10

## 포터 트럭을
## 타다

트럭을 탔다.

사실 나도 타기 싫은 게 맞았다. 쪽팔렸다. 하지만 별수 있
나. 내가 슬퍼하면 주노 형이 더 슬퍼할 텐데.

예전에 같이 일했던 매니저 형이 어디서 빌려 온 포터 트럭
한 대가 우리 앞에 있었다. 택시비가 없어 쇼케이스 현장에 가
지 못하고 있는 우리에게 그래도 못 가게 되는 것보다는 낫지
않겠냐며 매니저 형이 슬쩍 물어온 거다. 먼저 그렇게 말해준
게 어쩌면 다행이었다. 안 그러면 정말 차비가 없어 기자들을

불러놓고도 주인공인 내가 못 갈 뻔했다!

사실 트럭이라도 타고 가겠냐고 형이 물었을 땐 여러 생각이 동시에 들었다. 고맙기도 하면서 선뜻 그러겠노라 말은 못하겠고, 또 어쩌다 이렇게까지 됐나 싶으면서도 '이걸 타야 되나 말아야 되나…… 안 타면 어떻게 되는 거지? 여기서 어떻게 해야 주노 형이 서운하지 않을까…….' 머릿속이 복잡했다.

난 긍정적이고 심플한 사람이니까. 내가 이 차를 안 탄다고 해서 딱히 뾰족한 방법이 있는 것도 아니고 싫은 내색을 하면 주노 형도 난감해지니까, 결국 우린 트럭을 타고 약속된 장소에 갔다. 연예부 기자 여럿이 모여 있었다.

"여기서 내려야 되는데……."

강남역 한복판에 서 있는 포터. 오늘의 주인공인 내가 문을 열고 내린다. 사람들이 의아하게 쳐다보다가 곧 신기해하더니 금세 "이거지!" 하며 엄지를 치켜세우기도 했다. "저게 콘셉트인가?" 이 상황을 이렇게 받아들인 사람도 있었다. 지금 생각하면 슬프고도 웃긴 이야기다. 신곡을 발표하고 활동을 시작하겠다며 기자들을 불러 모아놓고는 주인공이 트럭에서 내리니 그도 그랬을 거다. 어떤 이들은 이게 '리얼 힙합'이라며 나에게 경외의 눈빛을 보내기도 했다. 이런 반응을 보며 나는 다시 어깨를 폈고, 그들 사이로 들어갔다. 그렇게 다시 시작한 활동, 한 번 더 해보자 마음먹고 첫 쇼케이스를 치렀다.

일요일 아침. 순댓국을 먹으며 결의를 다지던 우린 왠지 뭔가 될 것 같은 느낌을 받았다. TV에 나와서 춤추던 '세븐'을 보며 "야, 우리 한 번 더 하자" 말했던 형의 눈빛엔 분명 뭔가가 있었다. "순댓국 사 먹을 돈도 없는데 무슨 가수예요, 형" 하고 말했지만, 나도 내심 '한 번 더 하면 뭐가 될까요?' 하고 묻고 있었다.

"형한테 생각이 있어. 우리 한 번 더 해보자, 진지하게. 응?"
"그래요? 그럼 애들 좀 불러 모을까요?"
"아니야, 너 혼자 하자. 솔로로."

'솔로?' 나 혼자 무대에 선다는 말이 좋았다. 형에게 생각이 있다는 말이 내 가슴을 요동치게 했다. '그래, 이번엔 뭔가 될지도 몰라.'

"형, 그럼 저는 이런 음악이 하고 싶은데요?"

이현도 형의 〈사자후獅子吼〉 내밀었다. 주노 형은 그 자리에서 바로 미국에 있는 이현도 형에게 전화했다. "현준이 알지? 친구가 가수를 하려고 하는데, 네 노래가 좋대. 이걸로 리믹스를 하나 냈으면 하는데, 어때?"

나는 그렇게 새롭게 편곡할 노래를 녹음하러 LA로 향했다. 평소 존경하던 선배에게 직접 곡을 받고 녹음 프로듀싱을 받는 건 나에게도 대단히 큰 이벤트였다. 그것도 미국까지 가서. 이제 제대로 해봐야지. 잘될 거야.

그렇게 한국으로 돌아왔다. 당시 곡은 디지털 음원으로 발표됐지만 방송국 홍보를 위해서는 최소한의 CD 음반을 만들어야 했다. 몇십 장의 홍보용 CD를 찍었고, 나는 내 돈 67만 원을 들고 가서 음반을 찾았다. 우리는 돈이 없었다. 그렇게 해서 포터 트럭을 타고 쇼케이스 장소로 갔던 것이다.

신곡으로 활동한 2주 동안 여섯 번의 방송을 진행했다. 서울 근교는 그나마 어떻게든 갈 수 있었지만 지방에 잡힌 스케

줄은 차는 물론 활동비가 없어 가지 못했다. 이렇다 할 제대로
된 활동을 하지 못한 채 새 음원 활동이 끝났다. 다시 뭔가 해
볼 수 있을 것 같았지만 성과는 없었고, 이것도 이렇게 끝이구
나 싶었다. 앞으로도 다를 게 없었다. 2005년, 자격지심에 찌
들어 있던 시절이었다.

# 11

## 기회와 준비가 완벽해도
## 후회가 없는 건 아니다

솔로 활동 때는 기회도 준비도 부족해 모든 것이 아쉬웠다. 하지만 기회가 왔고 준비도 되어 있었음에도 따라오는 아쉬움과 후회가 있다. 모든 걸 갖춰도 생겨나는 좌절과 안타까움이 있다는 얘기다.

2019년, 제주 4·3 사건 71주년 추념 음악회 〈저 평화의 섬에〉에 참여하게 되었다. 이날의 무대는 KBS에서 방영했는데, 나는 김수열 시인의 〈정뜨르 비행장〉 낭독에 맞춰 그 뜻을 온몸으로 표현하였다. 정뜨르 비행장은 제주국제공항의 전 이름으로, 4·3 사건 당시 수백 명에 달하는 대규모 양민 학살이 이뤄진 곳이다. 약 70년 전 까닭 모르게 생매장됐던 억울한 분들의 넋을 기리는 시였다. 비극적인 우리 역사, 절대 잊어서는 안될 안타까운 아픔인 제주 4·3 사건을 기억하자는 취지에서 마련한 자리였다. 몸으로 표현하는 건 대한민국 1등인 나도 이 자리에선 어떤 춤을 춰야 할지 고민스러웠다.

여기에 나를 초대한 연출자는 4·3 사건의 아픔과 정신을 춤으로써 단순하면서도 명확하게 전달해주길 바랐다. 난 그렇게 하다 자칫 작품이 단편적으로 느껴지진 않을지 염려했지만 그는 오히려 그것을 바랐다. 제주에서 희생된 분들의 고통과 아픔이 직접적으로 표현되길 원했다.

김수열 시인의 〈정뜨르 비행장〉에 맞춰 추는 춤. 그리하여 난 제주 땅 위에 비행기가 착륙할 때마다 그 아래 묻혀 있는 시신들의 뼈가 부서지는 걸 온몸으로 표현하기로 했다. '빠직 빠직 빠지지직, 빠직 빠직 빠지지직.'

이 운율에 맞춰 희생된 분들의 넋을 기리고자 하는 의도가 잘 전달됐을까? 보는 이들에게도 이 몸짓의 무게가 전해졌을까? 내가 춤을 추는 이유는 내가 진짜 하고 싶은 이야기를 하기 위해서인데, 그런 면에서 이번 이야기는 잘 전달됐을까? 뭔가 부족함이 없었을까? 이게 최선이었을까? 의문을 남긴 채 무대는 그렇게 지나갔다. 그렇다고 최선을 다하지 않은 건 아니다. 다만 내가 하고 싶었던 이야기를 전달하는 방식이 스스로에게 만족스러웠느냐 묻는다면 대답은 아니었다는 것이다. 당시 혼을 실어 무대를 준비했음에도 돌이켜 보면 아쉬움이 많은 부끄러운 무대로 남아 있다. 물론 좋았다는 분도 계셨다. 어디까지나 나의 불만족이다.

지금이라면 다르게 풀어낼 수 있을 것 같다. 은유적이지만 더욱 강하게, 관객들의 마음을 흔들 수 있을 만한 큰 울림을 표현할 수 있지 않았을까? 어렵지 않으면서도 모두가 같은 것을 생각해볼 수 있게 말이다. 나 역시 덜 여물어서였을까. 당시엔 무거운 주제를 액면 그대로 표현했다. 그러자니 촌스러워진 거다. 이는 물론 나의 판단이다. 당시 나의 방식은 "이건 매우 고통스럽고 슬픈 일이잖아요. 우리 모두 아파해야 해요"라는 말을 그대로 소리쳐 표현한 식이었다.

당시 무대에서 희생자들의 뼈가 으스러지는 걸 관절 마디

마디를 꺾어 표현했지만, 다시 기회가 온다면 그때는 아주 큰 전지全紙를 무대 위에 펼쳐 놓겠다. 그리고 그 큰 종이를 구기고 구겨서, 찢고 찢어서, 결국에는 산산조각이 난 뼛가루로 만들 겠다. 그렇게 우리가 챙겨야 할 수많은 넋을 찢겨서 가루가 된 종잇조각으로 표현하겠다. 그렇게 해서 훨씬 더 큰 여운과 메 시지를 남기고 싶다.

이제는 돈이 없어 느껴야 하는 아쉬움과 후회는 없다. 대신 또 다른 아이디어가 넘쳐나 미처 보여주지 못한 것 때문에 생 겨나는 아쉬움이 남는다. 그런 아쉬움은 시간이 갈수록 늘어난 다. 아직도 보여줄 것이 많다는 이야기다.

**언제나 내 무대는 지금보다 더 멋질 것이다.**

# 12

## 다시 찾아온
## 기회

포터 트럭을 타고 쇼케이스를 했던 그해 가을이 지나고 겨울이 왔다. 주노 형은 나를 이대로 둘 수 없다고 생각했는지 투자를 받을 만한 곳을 찾았다. 당시 그룹 '쥬얼리'가 소속돼 있는 기획사였다. 형은 회사 대표에게 춤을 잘 추는 괜찮은 친구가 있다며 나를 소개했다. 대표는 허튼 데 돈을 안 쓰기로 유명했는데, 어디서 상품 가치가 없는 애매한 친구를 데려다 말할 거면 얘기도 꺼내지 말라는 뜻으로 당시 TV에 나오던 맥주 광고를 보며 말했다.

"저런 애 아니면 말도 하지 마."

무슨 운명의 장난인지. 대표가 말한 '저런 애'가 바로 나였다. 당시 하이트진로 광고를 찍었던 내가 TV 화면에 나오고 있었던 것이다. 2005년, 주노 형이 다시 한번 앨범을 만들어보자고 했던 건 옆에서 나를 쭉 지켜봐 온 형의 판단 때문이었다. 계약을 파기한 후 형은 어떠한 지원 없이 그저 옆에서 쭉 지켜보기만 했는데, 그럼에도 나는 나대로 계속해서 무언가 꾸준히 하고 있었던 거다. 휴대폰 광고를 시작으로 그때 그 TV에 나오고 있던 맥주 광고까지 찍었던 것인데, 마침 두 사람의 대화에 딱 맞춰 내가 등장한 것이다.

"응, 내가 말한 애가 쟤야."

그렇게 해서 기획사 대표를 만났다. 일은 일사천리로 진행됐다. 처음 얼굴을 본 날, 같이하자는 이야기가 나왔고 바로 일이 성사됐다. 그렇게 스타제국과 계약하게 된 것이다. 기획사는 바로 내 프로필을 만들어 에이전시에 돌렸다. 희한하게도 한번 광고로 얼굴이 알려지고 나니 다음 일이 줄지어 들어왔다. 그해 난 무려 열 편의 광고를 찍었다.

휴대폰 광고에 이어 맥주 광고를 찍고, 다시 또 다른 휴대폰 광고의 모델이 되었다. 각종 축제의 오프닝 공연, 메인 무대가 나에게 주어졌다. 당시 인기 가도를 달리던 조PD 선배의 뮤직비디오를 찍게 되고, 여기저기 계속해서 나를 찾아주었다. 감사한 일이었다.

2006년부터 2007년까지, 어머니는 매우 행복해하셨다. 역에서 걸어 나오면 아들 얼굴이 옥외광고물에 있고, 달리는 버스 옆면에도 있고, TV를 켜면 TV 화면에도 아들 얼굴이 나오니 어머니에게는 그야말로 내가 '달라진 우리 아이'였던 거다.

그렇게 스타제국을 만나 정식으로 '팝핀현준'의 정규 앨범 《One&Only》를 발표하게 된다. 그게 2007년 5월. 무려 11곡이 들어 있는 앨범이었다. 정규 앨범 수록곡은 모두 나의 자전적 이야기로 채웠다. 그렇게 난 몸으로 춤을 추는 댄서에서 노래하며 춤을 추는 댄서로 발전했다. 나에게도 이제 정규 앨범이라는 것이 생겼다. 정식이라는 것이 생겼다. 무언가 제대로 형태를 갖춘 것을 가지게 되었다는 뜻이었다.

*Poppinhyunjoon*

# 팝핀현준의
# 춤을 말하다

# 01

## 춤이라는 것은
## 멈춰 있지 않는다

신기하게도 춤이라는 것은 발전한다. 멈춰 있지 않는다. 많은 것이 그렇겠지만 춤 역시 어떠한 기술을 다 익혔다고 해서 그것을 완성했다고 할 수 없다. 계속해서 진화하기 때문이다. 그래서 춤꾼은 우리가 추는 춤의 시류, 흐름을 놓치면 거기 멈춰 있게 된다. 감을 잃지 않으려고 지금의 춤, 현재의 춤을 익히고 연습한다.

그렇다고 내가 '요즘 사람'이 되는 건 아니다. 계속 신에 머물며 요즘 트렌드를 익혀도 그건 옛날 사람이 현재를 흉내 내는 것이지 요즘 세대가 몸에서 우러나오는 대로 추는 것과는 다르다. 그래서 중요한 게 '나만의 것'이다. 나만의 것을 완벽하게 가지고 있어야 어느 세대 안에서도 나의 가치를 인정받을 수 있다.

나만의 것이 있어야 하는 이유 중 하나를 워크숍에서 확인한다. 요즘 친구들이 참여하는 워크숍에 가서 그 친구들에게 "와, 나 진짜 배운 것 같아"라는 말을 들으려면 첫째로 '찐한 내 것'이 있어야 한다. 나에게는 당연한 것이 요즘 친구들에게는 처음 보는 낯선 것이 되기 때문이다. 이들에겐 옛날의 찐한 내 것이 곧 신선한 새것인 거다. 지금 세대에게는 매우 신선하고 새롭게 느껴지는 것이다.

그러고 보면 춤이라는 건 완성형이 아니라, 완성되어가는 과정이 계속 반복되는 것 아닐까? 완성은 없다, 계속 다듬어가는 것일 뿐. 다른 사람들이 "다 똑같은 것 아니야?"라고 한다면 난 이렇게 대답한다. 기다려보라고. 지금은 똑같은 것 같지만 곧 달라진다고. 결국은 드러난다. 그 과정도 즐길 줄 아는 자가. 그리고 그가 표현하는 것들이.

# 02

## 결국은,
## 짜장면

아시아 최고의 레스토랑 중 하나인 신라호텔 중식당 '팔선'에 가도 마지막에는 늘 단무지와 짜장면이 나온다. 기본은 변하지 않는다.

지금도 춤을 추고 있고, 춤에 대한 열정이 있는 아티스트라면 사람들이 "춤 좀 보여주세요" 했을 때 "오케이" 하고 자기것을 보여줄 것이다. 그것이 한참 지난 옛것이어도 상관없다. 아무도 뭐라고 하지 않는다.

만일 누군가 "보여주세요" 했을 때, "아우, 나는 이제 춤을 안 춰서……"라는 이야기가 나오면 그 순간 그는 이미 아티스트가 아닌 것이다. 여기서 그에 대한 존경과 추앙, 요즘 말로 '리스펙'이 깨져버리는 거다. 사람들이 그에게 물은 건 '당신이 요즘 춤을 추느냐, 안 추느냐'가 아니라 우리에게 전해줄 수 있는 춤에 대한 당신의 메시지가 있느냐는 것이다. 옛것이든 요즘 것이든 당신이 생각하는 춤. 아주 작은 것이라도 우리에게 들려줄 수 있는 춤에 대한 이야기. 그걸 궁금해한 것이다. "나는 이제 춤을 안 춰서……" 하고 답하는 건, 마치 대기업 회장님께 경영 철학을 물었는데, "아, 아니야. 지금 우리 기업 주식이 많이 내려가서…… 내가 해줄 얘기가 없어" 하고 답하는 것과 같은 얘기다.

망했든 안 망했든 그것에 대한 내 철학과 신념을 가지고 있다면, 그리고 그것을 보여준다면 이에 대한 리스펙은 자연스럽게 따라오는 것이다. 이에 대한 평가는 사람들의 몫인 거고. 그렇게 나온 평가가 결국 '나'라는 사람을 말하는 건데 이제 더는 춤을 추지 않는다 말한다면 그건 평가받기를 두려워한다는 것 아닐까? 밑장을 보이기 싫은 것 아닐까? 그냥 좋았던 시절 속에 남아 있고 싶은 것 아닐까? 굳이 뭘 보여줘서 점수를 잃을 필요는 없으니까.

만일 댄서가 그렇게 말한다면 신에서의 그 자리를 다른 사람에게 양보해야 한다. 다른 이에게 그만큼의 시간을 주면 그는 그 시간만큼 성장하는 거다. 대신에 이런 친구들이 실력을 유지하면서 대외적인 활동을 할 수 있게끔 시스템이 만들어져야 한다. 그래야 이 친구들이 사라지지 않는다. 내가 궁극적으로 만들고 싶은 것이 이 시스템이다. 이런 친구들이 양성되고, 활동하고, 남아 있을 수 있는 곳을 만들고 싶은 것이다.

이야기가 확장되었는데, 나의 존재 의미를 찾고 싶다면, 혹은 그 의미를 누군가에게 인정받고 싶다면 먼저 기본이 갖추어져 있어야 한다. 그것이 오래되었든 아니든 간에. 나만의 것이 있으면 된다. 나의 것이 낡았다 자책할 필요도 없다. 옛것도 시대가 바뀌면서 새것이 되니까. 기본을 갖춘 나만의 것. 그것은 춤만이 아닐 것이다. 여러분이 하고 싶은, 잘하는 어떤 것. '기본'과 '나만의 것'을 가지고 있다면, 변화하는 시대 속에서 내가 가진 것의 가치에 다른 이들도 박수를 치게 될 것이다.

기본에 대한 이야기가 나온 김에 하나 더. 인간으로서의 기본기는 인성, 예술가로서의 기본기는 실력이다. 이 두 가지를 갖추고 있다면 무조건 성공할 것이라 믿어 의심치 않는다.

# 03

## 10년 만에 강단에
## 서게 된 이유

그동안 학생들을 가르치는 자리에 와달라는 제안을 사양했었다. 물론 단기간 특강 형식의 수업은 진행했지만 정식으로 매 학기 커리큘럼을 짜고, 시간표대로 수업을 준비하고, 강단에 서서 학생들을 가르치는 일은 처음이었다.

앞서 이야기했지만 이제야 그 신념이라는 것이 생겼다. 춤을 추는 친구들이 가능한 오래 춤을 추고, 현역에서 물러나도 대외적인 활동을 하며 그 실력을 유지하거나 더욱 업그레이드하려면 이러한 교수敎授 시스템이 존재해야 한다고 생각한다.

이 시스템이 만들어지려면 먼저 내가 그 안으로 들어가야 한다. 현재의 상황을 어떻게 개선하고 보완해야 하는지 알아야 그다음으로 나아갈 수 있을 거라 판단했다. 그 시스템을 만들기 위한 기초를 다지기 위해 이번에 제대로 마음먹고 강단에 섰다.

현대무용 안무가인 김윤정 선생님과 잘 알고 지낸다. 'YJK 댄스프로젝트'를 이끌고 있는 선생님은 국내는 물론이고 해외, 특히 독일에서 활발히 활동하고 계신데, 현대무용에서 좀처럼 보기 힘든 제스처와 표정, 소리, 연극적 움직임을 자유롭게 활용하는 안무가다. 무용으로 표현하기 어려운 다양한 서사와 캐릭터를 보여준다는 평을 받으면서 평단의 권위 있는 작품상과 안무가상 등을 수상하시기도 했다.

김윤정 선생님과 인연을 맺게 된 계기가 재미있어 그 이야기도 따로 풀겠지만, 선생님과의 오래된 인연만큼 그분의 남자 친구와도 잘 알고 지내고 있다. 그는 독일에서 몇 해째 나에게 프랑스 칸으로 와 그가 이끄는 행사의 축사를 맡아달라고 부탁했다.

나는 "왜 나 같은 사람이 칸에 가서 축사를 하느냐"며 극구 사양했다. 내가 그 자리에 서는 게 맞지 않다고도 생각했지만, 더 중요한 건 나 같은 시니어가 자꾸 그런 자리에 끼면 안 되겠다는 판단 때문이었다. 내가 거기 서면 정작 그 자리에 서야 할 다음 세대 친구들의 자리를 뺏는 것 아닌가. 언젠가 김윤정 선생님도 나에게 같은 이야기를 했다.

"너는 내가 봤을 때 그냥 춤꾼이고 예술가야. 그것만 해. 네가 자꾸 나타나서 나 그림 그려요, 글 써요, 사진도 찍어요, 하면 그렇게 드러나는 네 이름에 가려지는 친구들이 있잖아. 네 이름 때문에 지금 네가 있는 자리에 쉽게 들어갈 수 있었다는 생각은 안 해봤어? 너 자체가 너의 적폐가 될 수 있어. 너는 '한번 해볼까?' 하겠지만, 그건 다른 누군가의 자리를 뺏는 거잖아. 신념적으로 후배들 가르치고 교육할 거야? 그럴 거면 해. 근데 그게 아니고 그저 타이틀이 필요한 거면 하지 마. 그자리가 나기를 간절히 바라는 친구들을 생각해."

맞는 말이었다. 이런 이유로 10년 동안 이어지던 강단에 서 달라는 요청에 응하지 않았다. 그런데 이제 그 신념이 생긴 것이다. 교육을 통해서 우리나라 댄스 역사를 바로잡고 싶다. 시스템을 만드는 데 힘을 보태고 싶다. 그 마음을 먹게 된 거다. 그래, 그럼 학생들과 함께하자. 그렇게 2022년 9월, 춤을 추기 위해 모인 친구들과 본격적으로 강의실에서 마주하게 됐다. 나에게는 새로운 시작이다.

# 04

## 내가 출 수 있는 춤

'팝핀현준'이라는 이름을 갖게 된 건 2000년쯤이었다. 어느날 누가 "이제 너는 '팝핀현준'이야" 한 게 아니라, 그즈음 사람들에게 자연스럽게 불리기 시작한 것이다.

2000년, 밀레니엄 시대의 개막으로 들뜬 분위기가 한창일 무렵, 언더그라운드에서 '고릴라'라는 크루의 일원으로 행사를 할 때였다. 행사 진행자가 나를 이렇게 소개했다.

"아, 이분은 현재 대한민국에서 팝핑Popping으로는 일인자입니다. 고릴라팀의 남현준 씨!"

이후 나를 무대로 불러내는 콜아웃<sup>callout</sup>이 점점 짧아지게 되었다.

"팝핑! 고릴라! 남현준 씹니다!"
"팝핑! 남현준 씹니다!"
"팝핑! 현준 씹니다!"
"팝핀현준입니다!"

이렇게 만들어진 나의 이름. 댄서들의 이름은 이렇게 콜아웃을 기반으로 만들어지곤 한다. '팝핀현준 카페.' 당시 나를 좋게 봐주시던 분들이 이 이름으로 한 포털사이트에 팬카페를 만들었다. 이 당시 회원만 7만 명에 달했으니 내가 생각해도 어마어마한 인기였다. 이렇게 이름은 '팝핑'을 추는 '현준'에서 비롯되었지만, 이후 그 이름이 빛을 발하게 해준 것은 팬들이었다. 앞으로 그 이름을 더 가치 있게 만들어야 하는 건 내 몫이고.

그렇게 인기를 얻게 됐을 때까지만 해도 내 이름의 가치를 지금만큼 가늠하지 못했다. 좋아하는 춤을 열심히 췄고, 그래서 여러 기회를 만났다. 그 기회들을 통해 나를 알리고, 돈도 벌었다. 조금씩 많은 사람들이 나를 알아주기 시작했고, 그렇게 더 많은 명예와 인기, 돈을 얻을 수 있었다. 그런데 그렇게 앞만 보고 달릴 때에는 알 수 없었던 것들이 시간이 흐르면서 자연스럽게 보이기 시작했다. 그리고 그것들은 지금 내가 가지고 있는 춤에 대한 생각과 나아가 철학, 더불어 춤과 인생에 대한 의미까지 재정립할 수 있게 해줬다.

지금도 그렇지만, 많은 인기를 얻고 있던 당시, 나는 힙합이라 불리는 모든 장르의 춤을 출 수 있었다. 춤에는 여러 장르가 있지만, 그 가운데에서 내가 추는 춤은 스트리트댄스다.

보통 1960년대 이후, 발레나 현대무용 같은 순수무용에서 유래하지 않은 여러 대중문화를 기반으로 한 춤을 스트리트댄스라고 한다. 이는 단순히 길에서 추는 춤을 이야기하는 것이 아니라 스트리트 문화에서 영향을 받아 생겨난 모든 형태의 춤을 말한다. 이 용어가 언제 이름 붙여졌는지는 불분명하지만, 1980년대부터 전 세계적으로 힙합 문화가 확산되면서 우리나라에도 비보잉이 조금씩 알려지기 시작했다. 이 과정에서 1978년

대한민국 최초의 대학 연합 댄스팀 'UCDC<sup>United College Dancing Club</sup>', 1983년 최초의 비보이팀 '스파크'가 결성됐다. 이들을 통해 1980년대 중후반 '노피플', '서브웨이' 같은 댄스팀들이 브레이킹 문화를 접하며 활동하게 된다. 이후 이것이 다시 인순이, 이재민, 박남정, 현진영과 같은 당시 최고의 스타들을 통해서 대중적으로 전파되는 동시에, 이태원 문나이트라는 상징적인 장소를 중심으로 스트리트댄스와 힙합 문화의 기반이 조금씩 뿌리내리게 됐다. 이후 1999년 서울에서 열린 힙합 페스티벌을 계기로 2000년도 대한민국 댄스계는 황금기를 맞이했다.

스트리트댄스는 속성상 올드스쿨과 뉴스쿨 장르로 나뉘는데, 이는 일반적으로 해당 장르가 유래한 음악 장르를 기준으로 이루어진다. 1970년에서 1980년대의 펑크, 초기 힙합 음악 등에서 유래한 비보잉, 팝핑, 락킹<sup>Locking</sup> 같은 장르가 올드스쿨로 불리고, 1990년대 이후의 음악들로부터 유래한 프리스타일 힙합, 하우스, 크럼프<sup>Krump</sup> 등의 장르가 뉴스쿨로 분류되고 있다. 여기서 올드스쿨인 팝핑, 락킹, 브레이킹이 내 주특기이지만 뉴스쿨의 모든 장르도 소화할 수 있다.

내가 주로 추는 춤, 출 수 있는 춤에 대해 이야기하려다 보니 길게 설명하게 됐다. 우선 스트리트댄스에서는 모든 춤이 가능한 힙합 마스터. 그렇다면 다른 장르의 춤은? 재즈댄스, 댄스스포츠, 코레오그래퍼<sup>Choreographer</sup> 같은 실용무용은 물론, 순수무용에서는 현대무용인 컨템퍼러리<sup>Contemporary</sup>가 가능하다. 한국무용이나 발레 같은 고전 장르의 춤은 배운 적 없다. 아마도 컨템퍼러리가 응용이 가능한 자유로운 스타일이어서 접근이 쉽지 않았을까? 실제로 현대무용은 따로 강의를 듣고 배우기도 했고, 한창 때 빈번하게 워크숍에 참여하기도 했다. 제도권 안에서 무용을 공부하고 익힌 분들이 가르치는 춤을 한번 배워보고 싶었다. '과연 저들이 추구하는 춤의 정의는 뭘까?' 이러한 궁금증을 필두로 김윤정 선생님을 만났던 것이다.

춤을 추고, 인기를 얻고, 경제적으로도 자유로워지면서 자연스럽게 그다음 단계를 생각하게 됐다. 언제, 어디서, 어떤 춤을 추고 있는지, 왜 추고 있는지, 이런 것들을 말이다. 그러다 보니 춤에 대해 더 알고 싶어졌고, 더 배우고 싶어졌다. 그러면서 내가 출 수 있는 춤이 점점 늘어나기 시작했다. 기술적인 면뿐 아니라 정신적으로도 내가 가진 춤의 경계가 더 넓어지기 시작한 것이다.

1. 한국&독일 공동 춤 프로젝트 〈닻을 내리다_피터를 위한〉 피터팬 역(2005년)
2. 서울국제공연예술제 〈문워크〉 마이클 잭슨 역(2010년)
3. 한국문화예술위원회 공연창작기금지원 선정작 〈완벽한 사랑&울프〉 노인 역(2012년)
4. 서울국제공연예술제 〈그런데 사과는 왜 까먹었습니까?〉 AI역(2021년)

그동안 내가 참여한 현대무용 프로젝트로, 재미있게도 모두 김윤정 선생님의 작품이다. 그녀의 작품을 통해 피터팬이라는 어린아이에서 춤을 추는 청년 마이클 잭슨을 거쳐, 노인이 되었다가 마지막에는 AI까지. 춤을 통해 세상에 태어나 꽃피우고, 지고, 다시 기계로 태어나는 일을 겪어보았다.

# 05

## 팝핀현준이
## 팝핀현준 되고 싶다

"팝핀현준 제制, 팝핀현준 류流를 만드세요."

가끔 국악하시는 선생님들, 혹은 인간문화재 선생님들과 말씀을 나누다 보면 듣게 되는 이야기가 있다. '팝핀현준 제', '팝핀현준 류'를 만들라는 것인데, 내가 추는 춤을 계속해서 유지하고 재현할 수 있도록 그 명맥을 이을 사람이나 단체를 꾸려 어떠한 형태로 남도록 해보라는 말씀이었다.

지금까지 있었던 어떤 것이 아닌 내가 만들어 새롭게 형성

된 것. 이런 것들이 사라지지 않고 계속해서 이어질 수 있게 해보라는 말씀이셨다. 그러려면 어떻게 해야 하느냐 물었다.

"제자를 만들어요. 그럼 문화재가 될 수 있어요."

그런 생각을 해본 적 없었는데. 내가 문화재가 될 수 있다는 생각도 안 해봤고. 한데 선생님들 말씀은 그랬다.

"현준 씨 같은 춤사위를 가진 사람이 없잖아요. 그러니 현준 씨 같은 제를 만들어야 돼요. '팝핀현준 류'라고 만들 수 있도록 우선 제자 두 명을 들이세요. 그럼 그 친구들이 두 명씩, 또 두 명씩. 그렇게 현준 씨가 개발한 것들이 이어지고 또 이어지는 거예요."

들고 보니 맞는 말씀이었다. 그렇게 된다면 참 멋진 일이라 생각했다. 물론 내가 추는 춤이 거리에서 시작된 것이지만 그것에도 뿌리가 있고 지금까지 이어져 온 역사가 있다. "힙합은 뉴욕이고, 팝핑은 LA다" 하고 말하는 것처럼 각자 정통한 유래와 정신이 있다. 하지만 같은 기술이라도 누가 표현하느냐에 따라 각기 다른 예술로 승화되는 것처럼, 스트리트댄스를 추는 전 세계 모든 이 중에 팝핀현준 스타일과 팝핀현준이 변형한 기술로 춤을 추는 사람은 없으니까 이를 남겨놓아도 좋을 거라는 이야기였다.

나 말고도 스트리트댄스를 추는 훌륭한 댄서가 많지만, 순위와 서열 매기기를 떠나 나만이 표현할 수 있는 기술을 원하는 이들에게 알려주는 건 멋진 일이라 생각했다. 선생님들께서는 나에게 제자가 있느냐 물으셨다. 글쎄, 생각해보니 나는 어딜 가든 늘 주노 형, 이주노의 제자라 이야기하지만 막상 내가 꼭 집어 제자라고 이야기할 만한 후배는 떠오르지 않았다. 왜 그럴까? 나를 믿고 따르는 동생들은 많은데, 왜 콕 집어 제자라 칭하는 후배는 없는 걸까?

춤도 예술의 한 종류라 누구나 자기만의 것이 담긴다. 몸짓, 정신, 그 모든 것이. 그러다 보면 기술적으로 같은 것도 사람에 따라 모두 다르게 표현되기 마련이다. 모든 예술이 그렇겠지만 춤도 마찬가지. 더구나 스트리트댄스는 그 기반이 정형화된 무대가 아닌 거리로부터 출발했기 때문에 춤을 추는 개개인의 정신이 더 강렬하게 담길 수밖에 없다. 그래서 스트리트댄스를 추는 댄서들이 오히려 더 보수적일지도 모르겠다. 내 것을 담아내고 지켜야 하니까. 그래서 다른 사람의 것을 받아들이기가 더 힘든 건 아닐까? 기본 위에서 나만의 것을 더해가야 하는 작업이므로.

"힙합은 뉴욕에서 왔잖아. 팝핑은 LA지."

"스트리트댄스는 미국에서 온 춤이잖아. 미국에서 온 춤이 아니면 안 되지. 우리나라에서 춤을 아무리 잘 춰도 LA에서 파생된 스타일이 아니면 아닌 거잖아."

"정통이 아니면 안 되지. 한국에서 춤을 아무리 잘 추면 뭐해. 미국 사람이 아니면 무슨 소용 있겠어."

이러한 정통성을 지키느라 변형된 춤을 받아들이기 더 힘든 걸 수도 있겠다. 문화는 배우는 게 아니라 자연스레 내 것으로 만드는 것, 또 그것이 계속 이어져 내 방식이 되고, 우리 것이 되고. 그렇게 발전해나가는 거라고 생각하는데, 정작 스트리트댄스를 추는 사람들이 이에 대해 보수적인 생각을 가지고 있다면 이건 꽤 아이러니한 일이다. 물론 정통을 지키는 것도 중요하다. 그런데 반대로 춤에는 댄서 개개인의 몸짓과 정신 또한 담기기 마련이니 그것이 아티스트의 이름으로 빛을 발하는 것 아닌가.

힙합은 대중적인 문화이지 고전이 아니다. 그럼에도 대중 문화를 하는 사람들 중에는 이런 보수적인 생각을 갖고 있는 이들이 꽤 된다. 심지어 이것을 이어가는 사람들보다 보고 즐기는 사람들이 더 개방적이기도 하다. 스트리트댄스를 좋아하고, 이를 다른 방식으로도 다뤄보고 싶은 이들에게는 정해진 틀이 없기 때문에 생각이 더 열려 있다. 예를 들면 이렇다.

"이 휴대폰 광고 누가 찍을래? 휴대폰 진동을 막 신나는 춤으로 표현해주면 좋겠는데?"

"저는 그거 안 해요. 그건 정통이 아니잖아요."

**"그럼 그거 제가 해볼게요. 제가 할 수 있을 것 같아요."**

보수적인 사람들과는 달리 나는 이렇게 말했다. 누군가는 "그게 팝핑이야? 팝핑은 무대 위에서 디제이가 만든 비트에 맞춰서 춤을 춰야지. 가요에 춰도 안 되고, 국악에 춰도 안 돼. 비트에 맞춰 추는 게 팝핑이고 힙합이야"라고 말한다. 그런데 계속 이야기하지 않았나. 스트리트댄스는 거리에서 비롯된 춤이고, 어떤 예술이든 규격이 된 기술에 아티스트만의 기술과 정신이 더해져 새로운 것이 만들어진다고.

어쩌면 '팝핀현준 제', '팝핀현준 류'를 만들어보라는 말씀을 너무 거창하게 생각했는지도 모르겠다. 인간문화재 선생님들과의 대화처럼 그렇게 '나만의 것'이 만들어지고, 그것을 갈고 닦으면서 유지할 수 있다면 그것이 문화재 아닌가. 다만, 이 과정을 함께하는 제자들과 친구들이 있어야 할 것이다.

때마침 나는 함께 춤을 추는 친구들이 실력을 키워서 대외적인 활동을 하고, 이를 유지할 수 있는 시스템을 만들어야겠다고 생각했으니까. 그래서 춤추는 친구들이 더 많이 생겨나고, 오래 남을 수 있게 해보자 마음먹었으니까, 그걸 해보면 되지 않을까? 그래야 더 많이 배우고 싶어 하는 친구들이 사라지지 않으니까. 나 역시도 사라지지 않을 테니까. 어차피 예술에는 틀이 없으니까, 그렇게 팝핀현준이라는 장르가 만들어질 수 있지 않을까?

**이야기하다 보니 팝핀현준이 진짜 팝핀현준 되고 싶다.**

# 06

## 팝핑? 팝핀!

잘 알려져 있지만, 여전히 모르는 분도 많은 '팝핑'. 팝핑에 관심 있는 분은 잘 알고 계시겠지만 그래도 명색이 내가 팝핀 현준인데, 이 팝핀<sup>Poppin'</sup> 이야기를 조금 해볼까 한다.

팝핀댄스 역사에 가장 큰 영향을 끼친 팀으로 '일렉트릭 부갈루스'를 꼽는다. 이 팀은 1975년 미국 캘리포니아 출신의 부갈루 샘<sup>Boogaloo Sam</sup>을 비롯한 여러 댄서들에 의해 만들어졌다.

팝<sup>Pop</sup>이란 명칭은 몸의 각 부위 근육에 빠르게 힘을 줬다가 이완시키는 기술을 토대로 이뤄졌다고 해서 이름 붙여졌는데, 이후 부갈루 샘이 주축이 된 일렉트릭 부갈루스의 공연과 활동으로 세계적으로 알려지기 시작했다.

일렉트릭 부갈루스는 팝핑을 만들어 발전시키고 전파하고 있는 오래된 팝핑 마스터들인데, 1999년 서울에서 열린 힙합 페스티벌에도 내한했었다. 나 또한 이 팀의 '팝핀 피트'를 한국에 초청해 교류하기도 했다. 찾아보면 아직도 팝핀 피트와 함께했던 무대 영상이 남아 있다.

팝핀댄스가 어떻게 탄생했는지를 추측하는 여러 설이 있는데, 그중 하나가 팝콘설이다. 일렉트릭 부갈루스의 리더인 부갈루 샘이 프라이팬에 팝콘을 튀기는데, 프라이팬에서 터지는 팝콘을 보고 삼두근에 힘을 줘 춤을 추면서 "이게 바로 팝이야!" 했다고. 이걸 발전시켜 팝핀 스타일이 완성되었다는 설이다. 또다른 설로 아프리카 원주민들이 신께 의식을 드릴 때 몸을 튕기는 모습을 보고 팝핀 스타일이 생겨났다는 이야기도 있다.

이렇듯 팝핀댄스에는 유래가 많고, 그중 일렉트릭 부갈루스는 이를 발전시키고 전파한 사람들로, 절대 빼놓을 수 없는 팀이다. 나 역시 이 팀의 위글스<sup>Mr.Wiggles</sup>에게 영향을 많이 받았다고 밝힌 바 있다.

힙합댄스와 같은 많은 분야에 영향을 끼치고 지금도 가장 대중적으로 알려진 장르인 팝핀. 사실 스트리트댄스는 실전이기에 체계적인 이론적 토대가 부족한 게 현실이다. 춤의 역사를 아는 게 중요하지만, 아직까지 이러한 춤의 이론적인 교육이 부족한 실정이다. 하루빨리 스트리트댄스와 그 하위 영역인 팝핀댄스를 포함한 여러 댄스에 대한 정리가 필요하다.

최초로 창작무용을 창조적인 예술적 경지로 끌어올린 미국 무용가 이사도라 덩컨<sup>Isadora Duncan</sup>. 이사도라가 춤을 출 당시만 해도 사람들은 춤이라고 하면 발레를 떠올렸다고 한다. 하지만 이사도라는 틀에 박힌 발레 동작으로는 인간의 희로애락을 담아낼 수 없다고 생각하고, 토슈즈와 튀튀를 벗어 던지고 맨발과 자유로운 옷으로 그녀만의 몸짓을 보여주었다. 음악에 맞는 옷과 무대장치로 춤을 연구했고, 그 결과 그녀는 우아하게 팔을 들어 올리는 단순한 동작만으로도 꽃봉오리가 피어나는 모습을 연출할 수 있었다고 한다. 그렇게 현대무용은 이사도라 덩컨으로부터 시작됐고 오늘날까지 자리 잡을 수 있었다고 한다.

이사도라 덩컨이 현대무용의 시초가 된 것처럼, 나도 스트리트댄스 영역에서 이런 사람이 되면 어떨까 하는 생각을 해본다.

독일 출신의 무용가이자 안무가인 피나 바우슈<sup>Pina Bausch</sup>는 고전발레에서 탈피한 '탄츠 테아터<sup>Tanz Theater</sup>'라는 혁명적인 개념을 20세기의 중요한 무용 사조로 확립시키며 세계 무용계의 판도를 뒤바꿨다.

피나 바우슈의 몸짓은 연기도 아니고 무용도 아닌 그 어느 지점에 있다고 해서, 다른 수식어가 필요 없이 '피나 바우슈는 피나 바우슈다'로 정의한다는 말도 있다. 그처럼 나도 팝핀현준을 팝핀현준으로서 표현하고 싶다. '팝핀현준이 진짜 팝핀현준 되고 싶다'는 마음처럼 이게 불가능하다고는 생각하지 않는다. 나는 오늘도 여러 가지를 시도해보는 중이다. 이사도라 덩컨의 현대무용처럼, 현대무용의 새로운 세계를 연 피나 바우슈처럼, 팝핀현준도 팝핀현준이라는 장르가 되고 싶다.

# 07

## 사랑한다,
## 올드스쿨!

나는 올드스쿨을 사랑한다. 1990년도 중반부터 추던 춤을 아직도 추고 있다. 유튜브에 '올드스쿨 팝핑'을 검색하면 많은 영상을 만날 수가 있는데, 그중 흰 장갑을 끼고 페도라를 쓰고 춤을 추는 진짜 올드스쿨을 사랑한다.

요즘 사람들은 항상 새로운 걸 원하는데, 올드스쿨은 그 자체가 문화이며 고전, 즉 클래식이기에 그대로 보존되고 사랑받을 수밖에 없다고 생각한다. 오리지널 자체의 가치가 시간이 지나도 변하지 않는 것처럼 말이다. 'Old'가 있어야 'New'도 있는 법. 그래서 난 그 뿌리가 되고 바탕이 되는 올드스쿨이 좋다.

올드스쿨에 대해 간단히 말씀드리면, 올드스쿨 대표 3대장이라 할 수 있는 기술 세 가지가 있는데 첫 번째가 브레이킹, 그리고 내가 잘하는 팝핑, 마지막으로 락킹이다.

먼저 브레이킹은 우리가 흔히 아는 스핀 동작들인 헤드스핀, 윈드밀, 백스핀 등의 도는 동작과 아크로바틱한 동작들, 그리고 프리즈를 들 수 있다. 팝핑은 근육의 수축과 이완을 통해 몸을 튕겨주며 춤을 추는 스타일인데, 부갈루 스타일이 팝핑을 대표하는 스타일이다. 그 외 로봇댄스, 웨이브, 애니메이션, 터팅Tutting 등 다양한 스타일이 있다. 마지막으로 락킹은 손목을 감아 돌리는 트월Twirl, 손으로 가리키는 포인트, 멈춰서 잠가주는 락Lock 등의 여러 동작으로 이뤄져 있는 펑키하고 리드미컬한 춤이다.

이러한 올드스쿨의 기술에 요즘 음악이 바탕이 되면 이것이 뉴스쿨이 된다. 올드스쿨과 뉴스쿨을 구분할 수 있는 요소가 음악인 거다. 기술은 같지만 어떤 음악이 배경이 되느냐에 따라 장르가 나뉘는 것이다. 결국 내가 추는 모든 춤이 올드스쿨을 바탕으로 한 뉴스쿨이다.

올드스쿨을 워낙 좋아하기에 유튜브에 앞서 언급한 올드스쿨의 세 가지 장르를 섞어 자유롭게 춘 춤 영상을 업로드했다. 올드스쿨과 브레이킹, 팝핑, 락킹이라는 용어가 막연하게 와닿는 분이라면 그 영상을 참고하셔도 좋을 것 같다.

# 08

## 뛰다 튀다 타다

스트리트댄스는 1970년대 이후 미국에서 흑인, 히스패닉 기반의 펑크, 힙합 문화로부터 유래했다. 그리고 이는 올드스쿨과 뉴스쿨로 나뉘고 뉴스쿨은 다시 프리스타일 힙합, 하우스, 크럼프 같은 장르로 나뉜다. 일반적으로는 그런데 뉴스쿨을 스트리트댄스에 국한하지 않고 더 넓게 본다면, 새롭게 만들어진 또 다른 장르까지 포함할 수 있지 않을까 싶다. 그런 의미로 내가 남긴 또 하나의 뉴스쿨 작품이 있다. 바로 국악 퍼포먼싱 콘서트 〈뛰다 튀다 타다〉.

국립국악관현악단 기획 공연인 〈뛰다 튀다 타다〉는 국악 고유의 전통성과 현대 무대 기술의 메커니즘이 융합되어 음악과 춤, 그리고 영상이 어우러진 신개념 장르의 작품이다. 그래서 이 작품을 '국악 퍼포먼싱 콘서트'라 부르는데, 내가 바로 〈뛰다 튀다 타다〉의 두 번째 공연인 2010년 작품에 출연하게 된 것이다. 많이 알고 계시듯 아내 박애리를 만난 것도 바로 이 공연에서였다.

우선 〈뛰다 튀다 타다〉는 국립국악관현악단에서 젊은 국악 프로젝트의 일환으로 만든 작품이다. 이 작품이 초연됐던 2009년 당시엔 2·30대 초반의 젊은 관객을 대상으로 파격적인 형식과 과감한 캐스팅, 감각적인 영상과 무대를 선보여 국악 공연의 새로운 장르를 개척했다는 평을 받았다. 실제로 해가 거듭될수록 반응은 더욱 거세져 아직까지도 무대에 올려질 정도로 인기가 많은 스테디셀러이다.

원래 〈뛰다 튀다 타다〉는 어린이를 위해 국립국악관현악단이 만든 〈엄마와 함께하는 국악보따리〉라는 공연에서 파생되었다. 이는 아이들에게 국악을 쉽게 설명하기 위해 뮤지컬 형태로 만든 공연인데, 많은 호평을 받아 매번 매진되었다. 이 성공적인 사례로 가능성을 느낀 황병기 예술감독이 '그럼 어른들을 위한, 특히 젊은이들을 위한 '국악보따리'를 만들어보자'고 하여 탄생한 작품이 바로 이 〈뛰다 튀다 타다〉였던 것이다.

그리하여 올라간 초연은 국악관현악과 창, 한국무용이 혼재된 형식의 콘서트였고, '그' 역에 연제호, '그 애' 역에 박애리, 그리고 가수 노라조와 국립국악관현악단, 국립창극단, 국립무용단이 무대에서 멋진 공연을 펼쳤다. 반응이 좋았던 만큼 세 번의 공연으로 끝내기엔 아쉬웠기에 이듬해, 두 번째 공연이 올라갔다. 초연의 충격과 감동은 그대로 유지하면서 보다 안정적이고 완성도 있는 모습을 보여주었다는 평도 있었다. 이번에도 '그' 역에 연제호, '그 애' 역으로 박애리가 출연했고, 여기에 '그놈' 역으로 내가 등장한 것이다. 이번에는 국악인 남상일 씨와 국립국악관현악단, 그리고 김성한 무용가가 이끄는 세컨드네이처 댄스컴퍼니가 함께했다.

젊은 소리꾼과 춤꾼이 만나 젊고 경쾌한 국악 콘서트를 만들어냈다. 한 여자를 사이에 둔 두 남자의 불꽃 튀는 대결! 실제로 이 작품을 통해 창극계의 프리마돈나로 불리는 박애리를 만나 결혼까지 골인했으니, 작품에서의 대결 승자는 현실 세계

에서 나로 이어진 셈이다. '그' 역할을 맡은 연제호 씨는 국립
국악관현악단의 타악 단원으로 이 작품에서 연주와 연기의 경
계를 넘나들며 화제를 모았다. 2010년 작품에서 '그놈' 역을 맡
은 나는 이미 극에서 연인이었던 '그'와 '그 애' 사이에 새롭게
등장해 '그 애'를 두고 엇갈린 사랑과 열정을 펼쳐 보였다. 난
작품에서 국악관현악에 맞춰 랩을 하고, 모듬북 리듬에 맞서
화끈한 랩과 춤을 선보였다. 어쩌면 다행인 것이 그때 난 이미
한국의 구전 소리를 소재로 한 앨범《우리의 소리를 찾아서》를
발표했었고, 명창 김영임 선생님과의 협연을 진행하는 등 일찌
감치 랩과 춤을 접목시켜 우리 음악을 재해석하는 작업을 시도
한 바 있었다는 거다. 그랬기 때문에 이 무대에서 팝핀현준만
이 선보일 수 있는 랩과 춤을 보여드린 것은 나에게도 큰 의미
였다.

　작품 속에서는 한 곡이 연주되는 동안 랩과 타악이 부딪쳐
섞이기도 하고, 현악과 관악이 충돌하기도 했다. 음악 배틀이
펼쳐진 건데, 중간에 나의 랩과 타악 주자의 연주 대결은 꽤 짜
릿했다. 이런 복합 장르의 예술 공연에 참여할 수 있었다는 건
내게 큰 의의였다. 또, 여기서 지금의 아내를 만난 건 더 큰 의
미이자 행운이었고.

# 09

## 틱톡, 아이키

스트리트댄스와 다른 장르의 춤, 그리고 노래, 연기, 그림 같은 다른 장르의 문화를 엮는 작업은 재미있기도 하지만 춤의 대중화를 위해서도 도움이 될 거라 생각한다.

누군가 내가 하고 있는 이런 작업이 "춤에 있어 정통은 아니지 않느냐" 하기에, "정통은 아닐지 모르지만 대중이 원하는 것, 그들이 쉽게 느낄 수 있는 것 아니겠냐"고 반문했다. 따지고 보면 오히려 난 누구보다도 스트리트댄스 마스터인데? 아마도 이렇게 말하는 이들은 '스트리트댄서라면 스트리트댄스의 고유함을 지키는 데 더 집중해야 하는 것 아니냐'는 말을 하고 싶었던 걸지도 모르겠다. 오히려 이런 행동이 진짜 스트리트댄스만을 추는 이들에게 가야 할 시선을 빼앗는 건 아니냐는 물음일지도 모르고. 하지만 그 정통을 지키려다 오히려 신을 더 폐쇄적으로 만들 수 있다는 생각도 해본다. 아래는 같이 춤을 췄던 선배들과 내가 주고받은 이야기다.

"저건 정통이 아니잖아? 근데 사람들이 왜 이렇게 좋아하는 거야?"

"현준이 춤을 보면 어떤 동작을 했었는지 포인트가 기억이 나. 다른 친구들은 잘 추는 것 같은데도 어떤 동작을 했는지 기억이 잘 안 나거든."

"난 각 동작이 눈에 보이도록 춤을 춰요. 사람들이 이해하기 쉽게. 지금 어디를 강하게 움직이고 있으니 여기를 잘 봐라. 그래야 사람들이 그걸 보고 같이 느끼지."

실제로, 고난도의 기술은 어려운데 반해 관객에게는 잘 보이지 않는다. 이게 아는 사람, 보이는 사람에게만 보이는 거다. 나는 사람들이 내 춤을 보고 즐거웠으면 좋겠고, 각자 무언가를 느끼며 내 춤을 즐겼으면 한다. 그런데 그들이 보고도 무엇인지 모르는 춤을 춘다면 그게 의미 있을까? 내 춤을 보려고 돈을 지불한 사람들 아닌가! 그들이 보고 싶어 하는 것, 원하는 걸 보여주어 각자의 방식으로 춤을 즐기고, 소통하게끔 만들어주는 게 무대에 서는 사람의 몫 아닐까?

고난도 기술을 보여주는 건 선생이 제자에게 하면 되는 일이고, 보는 이들이 만족하는 무대를 보여주는 건 광대가 관객에게 하는 일 아닌가. 난 광대다. 〈보이스킹〉에 올렸던 무대、〈어떤 이의 꿈〉. 이 작품에서 난 '조커'를 통해 '광대'로서의 삶과 역할에 대한 메시지를 전했다. 기술과 능력은 모두 갖추고 있어도 예술을 전하는 방식, 표현의 방법은 아티스트마다 다른 것이다.

그런 면에서 '아이키'의 행보가 눈에 띄었다. 아이키는 '틱톡'을 통해 사람들에게 자신의 춤을 알렸다. 보통 많은 스트리트댄서가 언더그라운드 시절을 겪는 것과는 달랐다. 아이키는 2016, 2017 서울 스트리트댄스 대회에서 선보인 댄스 영상이 SNS에서 폭발적인 조회수를 기록하며 해외에서 인기를 끌었다. 이로 인해 미국 댄스 서바이벌 〈월드 오브 댄스〉 측으로부터 참가 제안을 받는다. 이렇게 먼저 SNS를 중심으로 화제가 된 아이키가 미국의 댄스 오디션 프로그램에 참가해 TOP 4라는 큰 성과를 차지하며 높은 존재감을 확인했지만, 한국에서의 입지가 크게 달라지진 않았다고 한다. 해외 공연 위주로 활동하던 그녀가 전 세계를 위기에 몰아넣은 코로나 19로 공연을 할 수 없게 되자, 틱톡 활동을 시작한 것이다.

취미로 찍어 올린 숏폼 댄스 영상이 큰 호응을 얻으며 그녀를 '틱톡커'로 만들었다. SNS가 출구가 된 것이다. 이때 그녀가 이끄는 댄스 크루 HOOK 멤버들과 함께 챌린지, 광고, 캠페인 등에 참여했고, 본인만의 트렌디한 안무로 다양한 챌린지를 유행시켰다. 바로 이 점이 기존 스트리트댄서들과의 차별점이 아니었을까 싶다. 댄서로서 확실히 입지를 다진 지금도 아이키를 부를 때 '틱톡커'라는 말은 빼놓을 수 없는 수식어가 됐다. 아이키는 자신이 댄서로서 앞서나가는 아이콘이 된 것 같아 긍정적으로 받아들인다고 한다.

같은 맥락으로 그녀에게는 기존 스트리트댄서들에게 발견되곤 하는 보수적인 고집 같은 건 찾아보기 힘들다. 정통도 중요하다. 하지만 탄탄한 기본 위에서의 다양한 변화는 또 다른 다음을 있게 해준다. 아이키가 더 많은 이들에게 이름이 알려지고 화제의 주인공이 될 수 있었던 데에는 SNS를 빼놓을 수 없을 것이다. 정통을 고수하는 것도 중요하지만 대중이 원하는 것을 같이 즐길 수 있는 누군가도 있어야 한다.

선택은 본인의 몫이지만, 그렇다고 나와 다른 길을 가는 아티스트를 정통이 아니라고 배척할 수는 없다는 얘기다. 다시 얘기하지만 변형과 발전은 기본을 바탕으로 이뤄지는 것이고, 가는 길이 다르다고 해서 그것이 춤이 아닌 것은 아니다. 각자가 서로 필요한 자리에, 더 가치 있다고 생각하는 자리에 있으면 되는 것이다.

# 10

## 대중에게 더
## 사랑받을 거야

출발선이 달랐다. 어떤 이들은 댄서에게 인정받아야 했지만, 난 대중에게 사랑받고 싶었다. 춤은 나 혼자 추는 게 아니니까. 아, 물론 혼자서도 출 수 있다. 혼자 추는 춤도 충분히 훌륭하고 멋지다. 다만 나는 춤을 통해 더 많은 사람과 소통하고 싶고, 인정받고 싶은 마음이 컸다는 거다. 그렇게 시작점이 달랐다.

언더그라운드 공연장에 가면 가슴이 뛰기 시작한다. 사람들은 나의 춤을 즐길 준비가 돼 있다. 내가 좋아하는 장르, 곧 시작될 춤. 무대만 바라보아도 이미 가슴이 뛴다. '아, 이제 나오겠지' 하며 음악을 기다린다. 음악이 '탁!' 하고 시작되는 순간, 환호성이 들린다. 마니아라 불리는 적은 수의 사람이 모여 있기 때문에, 서로가 서로를 좋아하지 않을 수 없다. 흥분하지 않을 수 없다.

이곳에서의 짜릿함은 무엇과도 비교하기 힘들다. 같은 감정을 느끼는 이들과는 다른 설명이 필요 없다. 그러나 TV 쇼나 다른 공연장은 다르다. 같은 춤을 좋아하는 이들이 아닌 불특정 다수가 앉아 있다. 화면을 통해서, 또 관객석에서 나를 바라보는 이들은 내가 뭐 하는 사람인지, 어떤 삶을 살아왔는지, 뭘 잘하는지 모르는 경우가 많다. 그런 그들의 눈을 사로잡으려면 엄청나게 잘해야 한다. 특출하게 잘하지 않으면 대중에게 사랑받지 못했다.

대중성은 굉장한 무기라고 생각하는데, 나의 무기는 처음부터 이것이었다. '사람들과 함께.' 그랬기에 시대가 변하고 미디어 플랫폼이 바뀌어도 계속 이렇게 내 춤을 보여줄 수 있었던 것 아닐까? 내가 변하지 않으면 세상이 변해도 그 안에 늘 내가 있을 수 있다. 같은 모습으로.

간혹 댄서가 화제의 인물로 주목받을 때가 있다. 그런데 얼마 지나지 않아 화제성이 사라져 오래가지 못하기도 한다. 이건 대중에 대한 관점이 다르기 때문 아닐까? 언젠가 지인과 이런 이야기를 나누었다.

"우리 생활하면서 '언중유골, 낭중지추' 이런 표현 안 쓰고 쉽게 풀어서 얘기하잖아. 대중을 상대한다는 건 그런 거지. 누구나 쉽게 접할 수 있어야 하는 거. 옛날 양반집에서 한자로 쓰고 말하는 거 좋아했던 사람들을 생각해봐. 그들이야 그럴 수 있는데, 저잣거리 나가면 안 그렇잖아. 사람 많이 모인 곳에 가면 절대 그런 말 안 쓰잖아. 나? 나도 그거 할 줄 알아! 내가 전문가고 마스터야. 근데 여기 오는 사람은 그게 아니잖아, 춤 보러 오는 사람이라고 다 전문가가 아니잖아. 오히려 모르는 사람이 더 많지. 그런데 우리가 여기서 사자성어를 쓰고 있으면 되겠어? 더 많이 듣고, 보고, 좋아할 수 있게 해야지. 안 그래?"

그럼 이렇게 말하는 사람이 꼭 있다. "그럼 그거 예술가 아니지, 딴따라지." 그래? 그럼 나 그냥 딴따라 하련다! 예술가보다 더 인정받고 사랑받는 딴따라.

# 11

## 몸으로 말해요

"그럼 춤을 잘 춘다는 건 뭘까?"

지인과의 이야기가 재미있게 뻗어나갔다. 난 얼른 말했다.

"테크닉이 좋다고 춤 잘 추는 거 절대 아니야. 춤은 표현하는 거잖아. 〈가족오락관〉에서 하는 '몸으로 말해요'가 춤이야. 메시지를 전하는 거. 여기에 음악은 내비게이션 역할을 하지. 비트가 있다면, 비트에 몸을 실어서 사람들을 웃게 하거나, 춤으로 마음을 움직여야지. 춤을 본 사람이 뭔가 느낄 수 있다면 메시지를 전한 거야. 여기에 디테일을 더할 수 있지. 망치로 치는 것 같은 동작을 하거나, 심장이 두근두근 하는 것처럼 이렇게 표현하거나. 그래야 '어, 재밌다!' 이 소리가 나오는 거야. 만약 여기서 독창적인 동작을 해서 이걸 유행시키면, 그럼 그게 춤을 잘 추는 거야. 그럴 능력이 있는 거잖아, 물론 음악에 맞게, 비트를 타면서."

춤은 말이다. 몸으로 하는 언어.

춤은 언어, 곧 소통이기 때문에 나의 춤이 누군가의 공감을 불러일으켜야 한다. 내가 어떤 이야기를 하는지 사람들이 알 수 있어야 하고, 그 말이 제대로 전달되어야 성공한 것이다. 말에는 힘이 있지 않나. 춤에도 힘이 있다.

신께 제사를 지낼 때 추는 춤을 '일무佾舞'라고 하는데, 일무는 문묘제례와 종묘제례 때 제례악에 맞춰 여러 줄로 서서 추던 춤이다. 무용, 의복, 여기에 제례악까지. 나라에서 지내는 제사가 하나의 종합예술이었던 것이다. 이 신성한 행위는 힘을 대변한다. 이것만으로도 엄청난 에너지를 주고받을 수 있지 않나. 이렇게 큰 힘을 가진 춤. 무서운 줄 알아야 한다.

**우리의 말 중에는 희망의 언어가 있다.**

마음을 적시고 희망을 품게 해주는 그런 말처럼,

나의 몸의 언어인 춤은 희망이고 싶다.

# 12

## 멸치인지 갈치인지
## 다 안다

어렸을 때 어머니가 해주셨던 얘기가 있다.

"멸치가 큰지 갈치가 큰지 애나 어른이나 다 안다. 다 구분
할 줄 안다. 네가 하는 게 진실이면 사람들이 믿어줄 거다. 그
러니까 괜한 말에 현혹되지 말고 신경 꺼라."

지금까지도 그랬고, 앞으로도 내가 믿고 따라갈 말이다. 지
금은 춤을 즐기는 이들이 너무나 많지만, 과거에는 춤을 춘다
는 이유로 세상의 편견과 오해 속에 상처받고 고민하는 일이

잦았다. 하지만 어머니의 말을 떠올리고 그동안 걸어왔던 길을 돌이켜 보면 '그래, 세상 이치가 다 같구나'를 느끼며 그 말을 다시 믿고, 내 일에 매진할 수 있었다.

나 역시 시대가 변함을 느끼고, 시간 앞에 두려워질 때가 있다. 난 나이를 먹었고, 계속해서 우리는 새로운 시대를 맞닥 뜨리고 있지 않나. 낯설고 새로운 것 앞에 느끼는 감정은 누구 나 마찬가지일 테다. '그래, 난 나이 먹은 아저씨니까' 하고 한 걸음 뒤로 물러서기도 하고, 참여는 하고 싶은데 용기가 나지 않아 주저하기도 하고. 또, 지금 와서 이걸 한다고 하면 사람들 이 이상하게 보진 않을까 망설이기도 한다. 그래도 어머니께 물려받은 긍정의 힘 때문인가, 일단 들이받는 편이다.

"나이는 숫자에 불과하다!"
"플랫폼은 바뀌었지만 춤이라는 건 똑같으니까."

어느 플랫폼이든, 시대가 변해도 진짜는 바뀌지 않는다. 1990년대 나우누리, 천리안, 누리텔에서 유행했던 동작이 2022년의 틱톡에서 여전히 인기다. 마이클 잭슨의 문워크 같 은 거다. 춤추는 사람에게 문워크가 기본인 것처럼, 기본은 변하지 않는다. 그리고 기본이 잡히면 그다음은 자연스럽다. 기본은 거짓말을 하지 않는다. 이건 시대불변으로 통한다.

나도 한번 해보기로 하고, 어린 친구들과 같이 챌린지를 하고 이를 샤라웃$^{Shout out}$했다. 이렇게 여러 가지 시도를 통해 가장 많은 조회수를 기록한 챌린지 쇼츠가 지금까지 약 650만 뷰가 나온 '횡단보도 문워크 챌린지'다. 이게 뭐냐고? 횡단보도는 무조건 팝핀 춤을 추면서 건너는 것이다. 아무리 긴 횡단보도라도. 빌리 아일리시의 음악에 맞춰 횡단보도를 문워크로 건너는 이 영상이 이렇게 많은 조회를 기록한 걸 보며 새삼 플랫폼의 정의를 다시 생각한다.

진짜는 변하지 않으니까
그것이 진실이면 사람들이 믿어줄 거다.

시대가 달라지고 플랫폼은 바뀌었지만
춤이라는 건 똑같으니까
내가 믿는 것을 언제 어디서든 보여준다면
사람들도 믿어줄 테니
현혹되지 말고, 믿고 가자.

# 13

## 쉬운 말도 어렵게 하는 게
## 사기꾼이야

빨랐다. 어릴 땐 모든 것이 빨랐다. 그런 날 보고 안무가들이 말했다. "하고 싶은 얘기가 많구나. 나중에는 그런 설명 없이도 네가 하고 싶은 말을 정확히 하게 될 거야. 탁탁 필요한 것만 짚어서."

긴 설명 없이도 정확하게 표현할 수 있다는 얘기였다. 그런 정점에 올라야 몸짓의 언어로서 춤을 전달할 수 있고, 그런 사람이 오래갈 수 있다는 말이었다. 당시엔 무슨 말인지 몰랐는데 지금껏 춤을 추다 보니 조금은 알게 되었다.

몸으로 표현하는 것도 같은 맥락이다. 하고 싶은 말이 많다고 말이 많아지면 오히려 이해하기 어려운 말로 빈 공간을 가득 채우게 된다. 그러다 보면 내 말을 듣는 사람들이 사라진다.

초등학생도 알아들을 수 있는 연설 같은 춤을 추는 게 내가 추구하는 예술이다. 남녀노소 누구나 내 춤을 봤을 때 "재미있네. 좋다, 감동이야" 이런 감정이 확실히 느껴져야 한다. 누가 보면 이해하고, 누가 보면 이해 못 하는 그런 것이 아니라 말이다. 내가 추는 춤과 내가 하는 예술에서 누군가 이해하지 못하는 부분이 생긴다면 혹시 과하게 멋을 부린 건 아닐까 의심해 본다. 추상적인 겉멋이 들어가 이해를 어렵게 만들지는 않았는지 늘 주의한다.

클래식을 듣고 누군가 "와, 이 음악 아주 잔잔한 감동이 있지 않니?" 물었다고 치자. 여기에 "난 잘 모르겠는데?" 하고 말하고 싶은데 '여기서 잘못 말했다가 괜히 수준 떨어진다고 생각하는 거 아냐?' 이런 생각을 하는 사람도 있지 않겠나. 그럼 그 사람은 그런 말을 듣기 싫고, 이런 고민도 하기 싫어서 클래식 음악을 더 이상 안 찾아 듣겠지? 난 이런 게 참 싫다. 내가 좋아하는 춤을 추면서 그걸 보는 이들이 고민하게 만들고 싶지 않다.

그래서 누구나 이해할 수 있는 춤을 추고 싶다. 그렇다고 어려운 것이 싫다거나 잘못되었다는 건 절대 아니다. 그런 예술도 있고, 나처럼 생각하는 예술도 있다는 거다. 확실한 건 내가 추구하는 예술은 누구나 쉽게 이해하고 접할 수 있는 대중성에 중점을 두었다는 얘기다.

언젠가 아내가 이런 말을 했다. "대중에게 쉽게 전달되는 예술은 고수가 아니면 시도조차 할 수 없는 거야."

찰리 채플린의 우스꽝스러운 움직임을 시대를 불문하고 모두가 재미있다고 하면서도 "저거 예술이네"라고 말하는 게 그 단적인 예 아닐까? 왜, 그런 얘기도 있지 않나. 사기꾼은 말을 어렵게 한다고. 쉬운 말도 어렵게 하는 게 사기꾼이라고.

**난 그냥 누구나 쉽게 이해하고 즐기는 걸 하고 싶다.**
**그런 사람이 오래갈 수 있기에, 그런 사람이 되고 싶다.**

# 14

## 진짜 명품은
## 하나의 완벽함으로 완성된다

진짜 명품은 하나의 완벽한 것이 완성되면, 그걸로 계속 간다. 변하지 않고 그렇게 쭉 가는 거다. 물론 조금씩 확장하며 다른 것을 파생시킬 순 있겠지만, 오리지널은 변하지 않고 그대로 그 정신을 이어간다. 페라리, 포르쉐…… 우리가 명차라 부르는 것 모두 그 모습 그대로 이어지지 않나.

그런 의미에서 2013년, 〈불후의 명곡〉 민요 특집에서 아내 박애리와 함께 했던 작품 〈아리랑〉은 지금도 그대로 이어오고 있는 참 잘 만든 작품이다. 〈불후의 명곡〉에서 처음 선보인 〈아리랑〉무대를 위해 '새로운 소리를 만드는 것이 좋겠다'고 판단하여 드럼과 베이스, 신시사이저$^{synthesizer}$ 등의 기본적인 소리를 모두 다시 만들고, 춤은 처음에는 홀로 시작해 점차적으로 인원이 늘어나도록 했다.

작품 곳곳에 민족의 정서를 담아내려고 심혈을 기울였다. 절정으로 가며 휘몰아치는 박자에 모두의 심장이 빠르게 뛰기 시작했다. 노래하는 박애리도, 춤을 추는 나와 크루도, 이를 보고 있는 관객의 숨소리도 모두 하나가 됐다. 태평소 소리와 전자음, LED 조명이 숨 가쁘게 달리며 모두를 숨죽이게 했다가, 몰아쳤던 호흡을 가다듬고 다시 조용히 '나를 버리고 가시는 님'을 찾는 구간에서는 또 한 번 잔잔한 감동으로 듣는 이들을 숨죽이게 했다.

춤을 추는 크루는 모두 가면을 쓰고 있었는데, 이는 가면을 쓰고 살아가는 우리지만 그 안에는 언제나 뜨거운 '아리랑'이 있다는 메시지를 전하고자 했던 무대연출이었다. 민족의 '아리랑'이 아직도 우리 안에 담겨 있어, 과거와 미래를 잇는다는 의미였다.

'아리랑'은 연인들이 부르는 연가로 잘 알려져 있다. '아리랑'의 '아리'는 여러 뜻을 가지고 있는데, 먼저 '아름답고 멋진'이란 뜻이다. 다른 뜻으로는 상사병이 날 만큼 '사무치게 그리운'이란 의미가 있다. 우리말에서 '마음이 아리다'는 표현도 이와 비슷하게 마음의 상처를 받았을 때 쓰는 말이다. '랑'은 '낭군'이나 '님'이란 뜻으로, 종합하자면 '아리랑'은 '아름답고 멋진 그리운 나의 님'이란 말이다.

많은 사람들이 '아리랑'을 연가로만 알고 있는데, '아리랑'은 단순한 연가가 아니라 깊고 심오한 인간의 내면을 표현한 노래라고도 한다. '아리랑'의 한자를 '나 아我', '이치 리理', '즐거울 랑朗'으로 풀어 곧 '참된 나를 찾는 즐거움'을 노래한다고 해석하기도 한다.

지금까지 '아리랑'은 여러 노랫말과 가락으로 변형되며 전래되어 왔다. 이 과정을 통해 진정한 우리 삶의 의미와 가치가 담겼고, 긴 시간 동안 우리 입을 통해 전해지게 됐다. 오랜 시간이 지나며 더욱 두터워진 가치. 오리지널에 오리지널이 덧붙여지면, 찐에 찐이 더해지면, 누구나 알아보는 명품이 되는 것이다.

우리 민족의 '아리랑'처럼 팝핀현준과 박애리의 〈아리랑〉도 시간이 지날수록 더 고유해지고 단단해져, 해가 거듭돼도 계속해서 이어지길 바란다.

# 남현준,
# 그는 진정한 아티스트

박애리가 바라본 팝핀현준

얼마 전 지인이 말했다.

"삶은 현준 형님처럼 살아야 될 것 같아요. SNS를 보면 그래요." 현준 씨가 가지고 있는 반짝이는 것을 이렇게 알아봐주시는 분들을 가끔 만난다. SNS를 통해 보여지는 일상적인 모습뿐만 아니라 무대 위에서 그가 보여주는 것을 통해 말이다.

아무래도 내 주위에는 한국 전통음악이나 문화를 업으로 삼은 선생님이 많다. 그분들께 종종 듣는 이야기가 있는데, "너희 남편이 추는 춤을 보면 분명 현대적인데, 마치 꼭 살풀이를 보고 있는 것 같다"는 것이다. 아마 이건 예전부터 현준 씨 안에 숨겨져 있던 것 같다. 가장 현대적인 몸짓을 하고 있지만 그 안에 담긴 가장 한국적인 정서가.

현준 씨는 이런 감성과 표현을 몇몇 후배에게 가르쳐주려고 했

PART 2 팝핀현준의 춤을 말하다

지만, 다들 이해하기 힘들어했다. "나를 버리고 가시는 님을 그려봐. 그럼 그 친구에 대한 그리움이나 안타까운 마음이 들지 않아?" 아쉽게도 후배들은 비트만 들린다고 했단다.

현준 씨는 이걸 어떻게 설명해야 할지 난감했다고 한다. "넋을 기리고 혼을 기리는 걸 어떻게 설명하냐!" 하고 말이다. 어떤 사람은 현준 씨의 이런 정서와 표현을 이해하고 그대로 표출할 수 있는 제자를 만나려면 서로 영혼이 연결되는 사람이 나타나야 할 것 같다고 말했다. 죽이 맞는 친구처럼 말이다.

아마도 그가 어릴 때 겪었던 삶의 오르막과 내리막, 그 안에서 느꼈던 슬픔과 고독 같은 게 쌓여 그에게 이런 정서를 만들어준 것 아닐까.

그는 항상 춤을 췄지 않나. 그것들을 또래 친구들이 할 법한 유흥으로 풀어내기보다 자신도 모르게 손짓과 몸짓으로 분출했으니 너무나 아름답기도, 슬프기도 한, 말로 표현하기 어려운 다양한 모습으로 드러났던 것 아닐까.

옆에서 지켜보는 예술인으로서 현준 씨는 소년의 순수함을 가진 사람, 그리고 이 순수함이 더 잘 발현될 수 있도록 돕는 천재성을 지니고 있는 사람이다. 더불어 이 두 가지가 밖으로 표출되기에 너무나 좋은 조건을 가지고 있었는데, 그건 매사에 대충이 없고, 살살이 없다는 것. 내가 본 사람 중에 상상을 실현시키는 추진력이 으뜸인 사람이라는 점이었다.

누군가 "같은 예술인으로서 현준 씨의 천재성이 어떻게 느껴지느냐" 물었다. 안데르센은 소년의 마음으로 평생 글을 썼다고 하고, 괴테는 80세가 되어도 소년의 마음을 가지고 있어야 한다고 했단다. 그런 것처럼 나는 현준 씨 안에 무궁무진한 감성이 있다고 생각한다.

우리가 어른이 되면서 세상을 바라보는 시야가 한정적으로 변했다면, 현준 씨는 소년의 마음으로 그것들을 한정하지 않고, 틀에 가두지 않은 채 다양한 생각을 해낸다. 나만 해도 '이걸 이렇게 하면 좀 그렇지 않나?' 하고 겁을 먹는 편인데, 현준 씨는 그런 면에서 과감하게 본인 생각을 드러낸다.

예술가가 할 수 있고, 해야만 하는 것이 표현인데, 이 표현에 한계를 두지 않는다는 거다. 옆에서 보는 사람으로서 그의 생각 자체가 굉장히 기발하고 다채롭다고 느끼는데, 이것도 그가 가진 재능이라고 할 수 있다. 또한 그는 달변가다. 자신의 아이디어를 외

부로 표출하고 설득하는 데 능해 보인다.

그만큼 자신의 철학이 뚜렷한 사람이기도 한데, 그런 사람은 자기 안에 갇히기 쉽다고도 하지만 어린아이처럼 열려 있는 사고로 세상을 바라보니 이런 위험으로부터 멀찌감치 벗어나 있기도 하다.

이런 것이 현준 씨의 천재성을 빛나게 해주는 요소가 아닐까한데, 가끔 이걸 몰라보는 사람이 있어 자칫 서운한 감정이 들기도한다. 그럴 때마다 현준 씨는 이런 이야기를 한다. "그래도 진짜를 알아보는 한 사람의 눈이 무섭지 않느냐."

다들 몰라준다고 대충하면, 그 진짜를 알아보는 한 사람은 실망할 거란 이야기다. 진짜를 알아보는 한 사람을 위해 진짜가 되어야 한다는 말이다. 우리는 세상에서 이런 진짜를 가끔 만난다고.

현준 씨의 이런 열정이 때로 걱정되기도 하지만, 예술을 하는동료로서는 너무나 공감되기에 이런 현준 씨를 그저 바라보며 응원할 뿐이다. 내가 뭐라고 이 사람의 예술성에 간섭할 수 있겠나. 그가 하는 모든 것들을 존중한다.

# 춤으로 인생을
# 배웠다

# PART 3

# 01

## 심사위원이 춤춰야 하는 곳,
## 그곳이 진짜 무대

스트리트댄스 신에는 재미있는 문화가 있다. 댄서들이 경쟁하는 무대에서 이를 심사하는 사람도 무대에 서야 한다는 것. 심사하는 이들조차 자신을 증명해 보여야 하는 것이다. 콜아웃하면 그게 누구든 나와야 한다.

자신에 대한 평가를 받아들일 수 없다면, 언제든 그자를 콜아웃할 수 있다. "니들이 뭔데 날 평가해."〈언프리티 랩스타〉에서 제시가 뱉어낸 말, 그야말로 힙합이다.

또 하나 재미있는 건 경쟁이라고 해서 참가자들이 자신을 뽐내기 위한 화려한 기술만을 선보이는 건 아니라는 거다. 이 점은 한국무용처럼 지구 반대편 전혀 다른 장르에서도 마찬가지다.

한국무용의 대가라 불리는 무형문화재 명인 선생님을 봬도 그렇다. 모두가 숨죽인 도중 컴컴한 무대 위 하얀 조명, 그 조명이 오로지 주인공만을 비출 때 고요한 적막을 깨는 북소리 하나, "두둥……!" 그리고 여기 맞춰 들리는 소리, "탁……!" 대가의 팔이 올라간다. 그리고 까딱거리는 손짓 하나. 이를 본 관객은 짧은 숨소리를 내뱉는다. "하……!"

모든 것이 정지된 것만 같은 시공간에서 이 절제된 작은 움직임은 그 어떤 화려한 동작보다 큰 울림을 전해준다. 숨소리조차 방해가 될까 동작을 멈추고 있던 관객은 여기에 감동하여 눈물을 흘린다. 그리고 이 대가의 손짓 하나에 받은 감사함을 표현한다. "이런 춤을 보여주셔서 감사합니다."

스트리트댄스도 그렇다. 심사하러 가서 서게 되는 무대는 고난도의 어려운 춤을 보여주기 위한 곳이 아니다. 물론 그런 기술도 선보이겠지만 한국무용의 무대처럼 관객들이 숨죽이고 있을 때 '팝'이라는 기술이 한 번 "빰!" 그때 나오는 탄식 같은 말, "아, 저거야!" 그냥 이 한마디에 다 있는 거다.

춤뿐만 아니라 삶이라는 영역도 마찬가지 아닐까? 거리 위든 무대 위든 공통적으로 존재하는 것 하나가 있다. 춤추는 사람이 젊을수록 화려하고 급하다는 거다. 반면 나이가 있고 경력이 있을수록 화려함은 그대로 두는 대신, 다른 것들과 전체적인 조화를 이룰 수 있는 아주 위트 있는 동작 하나로 스토리를 정리한다.

왜, 그런 것 있지 않나. 한 번의 동작만으로 모두를 빵 터지게 만드는 것. 이런 여유와 관록은 이걸 경험해본 사람에게만 나온다. 그러니까 "저래서 저 사람이 명인이야" 이런 이야기를 듣는 거고.

수려한 언변을 가진 자보다 과묵한 자의 한마디가 파급력 있는 것처럼, 스트리트댄스도 한국무용도 과묵함 속의 강렬한 몸짓 하나가 더 큰 감동을 전해준다. 이때의 임팩트가 더 강하다. 여유와 관록, 작은 몸짓 하나에도 많은 이야기가 담겨 있는 것. 그러고 보니 춤은 언어라고 말하지 않았나. 장르 불문, 진짜인 것은 일맥상통한다.

# 02

## 백구와 동급이던
## 나의 계급

그거 아나? 인생이 바닥으로 고꾸라져 일어서지 못하고 헤맬 때, 조금이라도 의지할 뭔가가 있으면 오히려 포기가 더 쉬워진다. 혼자서는 너무 힘드니까 나를 잡아주는 것에 자신을 맡겨버리게 되는 거다. 그러면 그나마 스스로 해결할 수 있었던 작은 무언가조차 놓아버리기 쉽다. 너무 힘드니까 기댈 곳에 나를 맡겨버리게 되는 거다.

근데 정말 의지할 곳이 단 한 곳도 없다면? 오히려 살게 된다. 말도 안 되는 썩은 동아줄이라도, 이것마저 놓으면 죽게 되니까. 그러면 포기할 수가 없다. 삶을 등지게 되는 건데? 그러면 죽는 거란 말이다.

고등학교 1학년, 집이 부도났을 때 가족 모두가 흩어졌다. 아버지와 어머니는 빚쟁이를 피해 도망가야 했고, 형은 군대로 피신했다. 가족들이 삽시간에 뿔뿔이 흩어지고, 갈 곳이 없어진 나는 길에서 잠을 청했다. 처음부터 길바닥 생활을 하려던 건 아니었다. 사정이 어렵다고 처음부터 노숙을 마음먹고 시작하는 사람은 없을 것이다. 집에 빨간 딱지가 붙어 물건들이 실려 나가고, 나도 이젠 나와야 할 때가 왔다. 우선 나왔는데 나오고 나니 갈 곳이 없었다. 종일 거리를 서성이다 그날 밤은 그냥 어느 벤치에 앉아 보냈다. 시작은 그랬다. 그렇게 하루, 이틀이 지나도 계속 갈 곳이 없었고, 노숙 생활도 그렇게 이어졌다.

그런 와중에 무용단에 들어가게 됐다. 학교에 갈 수 없었으니 춤을 추던 친구들과 어울리기 더 좋은 상황이 됐다. 그렇게 만난 친구들을 통해, 진짜 춤을 배울 만한 곳을 알게 된 거다.

제일 처음 들어가게 된 곳은 당시 보라매공원 근처에 있던 무용단이었다. 이 무용단은 후에 유명 가수의 백업 댄스를 여

럿 맡을 만큼의 실력자가 모인 곳이었다. '무용단에 들어왔으
니 마음껏 춤출 수 있겠지' 하고 생각했지만 언감생심. 춤은 둘
째치고, 군기가 어마어마했다. 당시 무용단은 대체로 그랬던
것 같다. 그곳에서 일주일간 걸레질만 하다 이건 아니다 싶어
무용단을 나오게 됐다.

그리고 다시 찾게 된 곳이 주노 형의 소속사 무대를 위한
무용단이었다. 쉽게 말해 영턱스클럽의 무용단이었다. 하지만
이곳에서도 마찬가지였다. 막내인 나에게는 '안 되는 게' 많았
다. 청소가 안 돼 있으면 안 되고, 인사를 잘 못 해도 안 되고,
춤 연습도 되어 있지 않으면 안 됐다. 무용단의 막내란 대체로
그런 역할이었다.

그 시절에는 괴롭히는 선배가 많았다. 별것도 아닌 일로 혼
을 내고 때론 맞기도 했다. 나가고 싶었다. 나가면 마음은 한결
편할 텐데. 하지만 나갈 수 없었다. 나가면 얼어 죽으니까. 그
래서 억지로 버티고 있던 거였다. 무용단에 백구라는 강아지
한 마리가 있었다. 그 개나 나나 동급이었다. 진짜로.

나는 그곳에서 늘 같은 자리에 처박혀 있었다. 연습실에 오

면 백구와 난 똑같은 처지. 늘 같은 자리에 가만히 있는 게 똑같지 않나.

그렇게 연습한다고 연예인이 되는 것도 아니었다. 그렇다고 가수의 백업 댄서로 활동하는 것도 아니고, 그냥 이런저런 춤을 추며 혼자 있었다.

그러던 어느 날, 주노 형이 찾아와 "너 그냥 영턱스 해라" 그러는 것 아닌가. 나에게는 너무나 갑작스러운 일이었다. 날 눈여겨보고 있다 전해들은 바도 없고, 그런 분위기를 예측할 수 있는 상황도 없었다. 그냥 내 춤을 보고는 즉흥으로 제안한 것이었다. 그러니 은인인 거다. 아무것도 아닌, 백구와 동급이던 아이를 연예인으로 만들어준 게 아닌가.

그때는 '이 기회를 놓치면 정말 죽겠구나' 싶었다. 그래서 더 힘을 내 춤에 매진하게 된 거고. 그때 그 일이 아니었다면 아마 지금쯤 난 이 세상에 없지 않았을까.

시련의 시간 속에서도 그래도 춤은 잘 췄으니까. 그래서 가능한 일이었을 거다. 누구는 나에게 마음 밭이 좋으니 그런 일을 겪고도 이렇게 잘되지 않았겠느냐고 했다. 선한 마음을 갖고 긍정적으로 살았으니 이렇게 잘 풀린 것 아니냐고. 어머니는 가끔 이런 이야기를 하신다.

"네가 그나마 춤을 춰서 이만큼 잘된 거다. 힘든 시간 사이사이로 끼어든 나쁜 액운을 춤으로써 풀어낸 거지. 힘들었던 시간들, 평범한 사람이라면 헤쳐 나올 수 없었을 것 아니냐."

그럼 춤이 나를 살린 것인가. 춤만 보고 살아왔다고 생각했는데, 내가 춤에 매달려서가 아니라 춤이 나를 여기까지 끌고 왔는지도 모르겠다. 춤이 나를 살렸다.

죽을 것 같던 상황에서 죽을 수는 없었고, 그렇게 버티니 구세주가 나타났다. 그것이 주노 형과 춤이었다. 버티다 보면 무엇이든 만나게 된다. 살고자 하면 결국 살게 된다.

# 03

## 그리고
## 그때 배운 것들 1

삶과 죽음의 기로에서 제일 먼저 나를 살려준 것이 춤이었다면, 그렇게 본격적으로 춤을 추기 시작하며 만난 사람들이 그다음의 나를 살렸다.

집이 부도나 부모님과 자연스럽게 헤어지고, 자연스럽게 나쁜 친구들과 어울리게 되었다. 1995년, TV에서는 서태지와 아이들의 〈Come Back Home〉이 흘러나왔다. 노래 속 주인공이 된 나는 그 노래를 부르며 춤을 추다가 결국 실제로 그 노래를 부르고 춤을 추는 사람, 이주노 형을 만나게 됐다.

무용단에서 천덕꾸러기 막내 시절을 보내고 있을 때, 주노 형이 우연히 내가 춤추는 걸 보게 되었다. 때는 오전이었다. 그러더니 오후에 한 방송사 국장님을 모시고 왔다. 주노 형이 국장님께 말했다. "형, 나 어렸을 때랑 똑같은 놈을 발견했어." 형은 나에게 춤을 춰보라고 했고, 그분은 내 춤을 보더니, 곧 주노 형과 무언가를 이야기했다.

과거 주노 형이 진행하던 라디오 프로그램이 있었다. 공개방송이 많은 인기를 얻던 때인데, 그 프로그램에서도 공개방송을 진행했다. 형이 어느 날 얘기했다. "공연을 하나 할까 하는데, 이게 공개방송에서 15분 쉬는 시간에 올라가는 거거든. 여기서 너희 셋이 춤 한번 춰봐."

그냥 연습실에서 홀로 추는 춤이 아니라, 제대로 된 무대에서 모르는 사람을 관객으로 두고 추는 춤. 내 일생일대의 첫 무대를 바로 그렇게 맞이하게 된 거다.

나에게는 여덟 마디의 개인기가 주어졌는데, 이를 위해 일주일 내내 연습을 했다. 공연 전날은 너무나 긴장돼 잠도 잘 못 잤는데, 태어나 처음으로 제대로 된 무대에 서게 되었으니 그럴 수밖에. 첫 공연을 위해 모든 걸 쏟아붓는다는 마음으로 연습했는데, 그래도 부족했는지 결국 무대를 망쳐버렸다.

난생 처음 올라간 무대에서는 아무것도 들리지 않고, 보이지도 않았다. 앞이 어디인지도 구분이 안 됐다. 태어나 그런 기분은 처음이었는데, 그때 난 그저 동네 녀석들과 춤추고 주노 형 앞에서 재롱이나 부리던 애송이였다는 걸 깨달았다.

같이 무대에 섰던 영턱스클럽의 최승민 형은 그래도 팬이 있어 이름이 적힌 플래카드를 들고 응원하는 분이 계셨다. 반면 아무것도 없이 벌거벗겨진 채 홀로 무대에 선 것 같은 나는 낯선 분위기와 압박감에 위축됐다. 음악도 안 들리지, 앞도 안 보이지⋯⋯ 어떻게 공연이 끝났는지도 몰랐다.

그렇게 공연이 끝나고 스태프들과 식사하러 간 자리였다. 한쪽 구석에 구겨져 앉아 밥을 먹고 있으니 주노 형이 나를 불렀다. "야, 막내, 이리 와봐." 그 말을 듣고 형 앞으로 가 섰다.

"네가 제일 잘했어."

형은 생전 처음으로 이렇게 많은 사람 앞에서 춤춘 나를 이해하셨을까? 여덟 마디 개인기를 위해 일주일 내내 연습했는데, 결국 나는 아무것도 아니었다는 걸 확인하고 말았을 때 일부러 나를 불러 칭찬해주셨다.

"더 잘할 수 있었는데, 오늘 너무 죄송합니다."
"잘할 수 있는 거 알아. 다음엔 더 잘할 거야."

형은 내가 어떤 마음인지 다 알고 계신 것 같았다. 형의 한마디에 좌절감이 자신감으로 바뀌었다.

그때는 반죽이 좋지 못했다. 사람들 앞에 뻔뻔하게 나서서 이야기하고 춤추는 게 어색했다. 그래서 그때부터 여러 사람 앞에서 말하는 연습을 하기 시작했다. "내가 이거 보여줄게, 한번 봐봐." 친구들이나 후배들을 데려다 놓고 얘기했다. 자꾸 하다 보니 말도 늘었다. 그다음 공연은 잘 마쳤다. 원래의 나대로.

# 04

## 그리고
## 그때 배운 것들 2

2000년대 초반, 주노 형이 이끄는 대로 여러 활동을 하다
가수 조관우 형님을 만나게 되었다. 당시 형님은 주노 형에게
콘서트 연출을 부탁했다. 우연치 않은 기회로 함께 자리를 한
뒤, 나는 조관우 형님을 따라 익산에 있는 조통달 소리연구소
로 향했다. 알고 보니 조통달 명창께서는 형님의 아버님이셨
다. 그곳에 가고 나서야 이해가 됐다. 명인 조통달 선생과 그
피를 이어받은 조관우 선배. 대대로 소리와 가락에 조예가 깊
은 집안이었다. 그때 그곳에서 유태평양 군이 모듬북을 치고
있었다. 지금은 첫손에 꼽히는 대한민국 대표 소리꾼이지만,

그때는 모듬북을 치는 어린 국악인이었다.

'와, 이런 곳도 있구나……!' 너무나 놀랐다. 조관우 형님은 여기에 춤 한번 춰보라며 우리 가락 하나를 들려주셨다. 화장실 물 내려가는 소리에도 춤추는 나인데, 희한하게 우리 소리에는 박자가 맞지 않아 나올 줄 알았던 춤이 나오지 않았다.

"주노 형, 이게 왜 안 되는 거예요?"

정말 이상했다. 비트가 있으면 뭐든 출 수 있던 나였는데 이 비트, 그러니까 우리식 박자에 밀리고 마는 동작들. 형들과 소리와 박자, 동작에 대한 이야기를 하며 시간을 보내다 결국 여기서 조관우 형님의 공연 오프닝을 짜게 됐다. 정말 멋있게 만들었다. 나도 몰랐던 새로운 에너지가 생겨나는 경험이었다.

조관우 형님을 만난 지 얼마 안 됐을 때 문득 그런 말씀을 하셨다. 본인도 행사를 많이 하는데, 그때마다 함께하는 댄서들이 있다고. 그래서 이런 이야기를 나눴다.

"제가 그 댄서들보다 더 춤을 잘 춰요."

"네가 아무리 춤을 잘 춰도 내 노래엔 못 추겠지, 난 발라드를 부르는데……."

"그럼 형이 노래를 하시면 제가 춤을 춰 보이겠습니다."

형님은 자신의 히트곡인 〈꽃밭에서〉를 부르기 시작했다. 그런데 노래의 앞 소절인 '꽃밭에 앉아서'까지만 부르시고 뒷부분을 잇지 못하셨다. 내 춤을 보시느라고.

그렇게 형님은 내가 본인의 콘서트 오프닝 무대에 서는 것을 허락하셨다. 그때 이후로 지금까지도 조관우 형님의 공연 퍼포먼스는 내가 전담하고 있다.

매년 형님과 공연을 함께 하는데 올해도 마찬가지다. 조관우 형님은 주로 '카스트라토castrato'라는 발성으로 높은 음역대의 노래를 하시는데, 관객은 전부 눈을 감고 숨을 죽이고 있다. 소리를 제대로 느끼기 위해서다. 그런데 내가 함께한 뒤로는 관객이 전부 눈을 뜨고 있다. 가끔 야구장에서나 들릴 법한 함성도 느낄 수 있다. 내 춤 때문이다.

그렇게 형님을 통해 음악이라는 영역을 제대로 접하면서

나 역시 예술적으로 한 단계 더 발전했다. 이처럼 인생에서도 지금보다 한발 더 나아가는 인간이 되고 싶었다.

오후 햇살이 드리우는 아늑한 집. 거실에 앉아 기타로 자신이 작곡한 곡을 후배에게 들려주는 아티스트. 그리고 여기 모여드는 아이들. 형님이 "이거 들어볼래?" 하고 기타를 잡으면 아이들과 나는 형님의 손끝에 눈길을 뺏긴다. 그리고 귀를 열고 마음으로 선율을 좇는다. 그건 내가 꿈꾸던 성공한 아티스트의 모습이었다. 나도 그렇게 되고 싶었다.

아무튼 작은 공연에서부터 전국 투어 콘서트, 일본, 미국과 같은 해외 공연까지, 조관우 형님의 무대에 늘 함께했다. 아마 공연예술가로서의 시작도 이때부터가 아니었을까.

# 05

## 진짜 춤꾼이
## 되어가나 봐

요즘은 춤을 아카데미에서 배운다. 주노 형과 함께 활동하던 1999년 당시에도 아카데미가 있었는데, 그때 주노 형이 만든 아카데미의 이름은 '이주노의 댄스 팩토리'였다. 일주일에 두 번 수업하고 수업료가 25만 원이었다. 지금도 25만 원 짜리 아카데미는 없다. 엄청나게 높은 비용이었다. 에어로빅이 3만 원, 5만 원 하던 시절이었다. 그래서인지 수강자가 딱 세 명 있었는데, 우리도 "이게 될까?" 싶었다.

그런 와중에 당시 팬 엔터테인먼트에서 '월드 힙합 페스티벌'을 개최했다. 올림픽공원 체조경기장에서 상당히 큰 규모로 치뤄졌는데, 해외에서도 찾아왔으니 그야말로 전 세계 춤꾼이 다 모여 있었다. 이날 나는 제1회 월드 힙합 페스티벌 한국 대표로 나섰는데, 다음 날 신문에 크게 보도됐다. "한국의 비보이가 일본을 제패했다!"

한일전이었다. 한일전에는 사활을 걸지 않나. 그렇게 신문에 대서특필 되고난 뒤, 아카데미는 온종일 문전성시를 이루었다. 한일전이 아카데미를 살렸다.

일본 대표로 나와 겨뤘던 댄서는 나이가 50이 다 된 일본의 1세대 원로 댄서였다. 날 얕잡아 봤는지 나오라는 손짓을 하여 배틀이 시작됐는데, 내가 춤을 시작하자 그 기세는 온데간데없이 사라졌다. 이후, 일본에 가니 춤추는 친구들이 나를 알아봤다. 이미 이 바닥에 소문이 자자했다. 이 일화 이후로 한국 스트리트댄스 신은 더욱 기세가 고조되었다. 나도 마찬가지였다. 어찌됐든 한국 스트리트댄스의 활성화에 일조한 셈이다.

대회에 참가했던 미국 친구들이 대회가 끝난 뒤 연습은 어떻게 했는지 물어왔다. 우리가 연습한 영상을 보여주자 모두 놀랐다. "보호대도 없이 이런 바닥에서?" 미국 친구들은 우리나라 댄서들에게 엄지를 치켜올렸다.

2005년쯤 되니, 이미 비보잉은 한국이 석권했고 '비보잉 하면 대한민국'이라는 명제가 성립됐다. 당시 한국을 바쁘게 쫓아오던 것이 중국이었다. 당시 중국의 스트리트댄스 상황은 우리의 1990년대와 비슷했다. 대회를 치르기 위해 미국에 와야 하는데 돈이 없으니 배를 타고, 바리바리 봇짐을 싸서 대회가 열리는 곳을 찾은 것이다. 세계 각국에서 모인 댄서들은 이런 스토리를 알고 이 정신을 높이 사, 대회를 중단하고 그들에게 기립박수를 보냈다. "스트리트댄스 신을 사랑하고 힙합을 사랑하는 정신은 이미 우승자다! 모두 기립해 저들에게 리스펙을 보여주자!" 대회에 참가한 모든 이들이 그들에게 환호했다.

지금은 춤을 장르별로 배운다. 장르별로 세분화 및 전문화가 되어있는데, 1990년대에서 2000년대 당시 춤을 춘다고 하면 우선 이 세 가지가 준비되어야 했다. 안무, 개인기, 그리고 락킹, 팝핑, 브레이킹 같은 서너 개 장르의 춤.

그리고 기본적으로 재즈에 바탕을 두고 있어야 했다. 지금처럼 하나의 장르를 체계적으로 연습하는 것과 달리, 그때는 춤에 대한 전반적인 이해와 다양한 능력치를 전체적으로 같이 끌어올리는 느낌이었다. 그렇게 계속해서 춤을 추니까 자연스럽게 전문성이 생기고, 쌓이게 되었다.

주노 형이 다양한 아티스트와 알고 지내다 보니 형한테 들어오는 일은 그냥 그런 춤이 아니었다. 재즈 무용가 전미례, 당시 제일 잘 나갔던 안무가 홍영주, 뮤지컬 배우 남경주. 이런 분들과 춤에 대한 이야기를 나누니 알면 알수록 그 세계는 넓고 깊었다. "이번에는 라틴 댄스가 유행할거야, 이번에는 디스코가 유행하겠군." 주노 형이 툭툭 내뱉는 말은 적중했고, 그걸 보며 '춤을 오래 추면 이런 감도 생기는구나, 이런 감도 익혀야겠군' 하고 느끼는 것이 많아졌다. 또, 그냥 댄서가 아니라 '서태지와 아이들'의 이주노여서, 김종서, 김건모, 이승철, 양현석 등 당시 내로라하는 대한민국 대표 가수들이 주위에 있으니 자연스럽게 음악적으로도 넓어질 수밖에 없었던 거다.

여기에 조관우 형님은 국악부터 모든 장르를 다 섭렵했기에 나에게 굉장히 많은 조언을 해주셨다. 나 역시 음악은 형님께 많이 배웠다. 형님과 저녁마다 미사리 카페촌의 작은 무대에 서면서 레퍼토리를 늘려갔다. 이를 통해 사람들 앞에서 말하는 것도 자연스레 연습이 됐다.

모든 장르를 현장에서 배웠고, 이를 통해 대중문화의 다양한 분야를 몸소 체득했다. 새로운 트렌드를 따로 공부하는 것이 아니라 현장에서 습득해(무려 돈을 벌면서) 다음 공연에서 보여주는 것이다. 필요하면 하루 만에 랩을 만들고, 아이디어를 내고, 무대 연출을 짰다. 스스로 점점 바뀌고 체계화 되어가는 걸 느끼는 게 좋았다. 성장하고 있었다.

낮에는 조PD 선배와 방송을 하고, 밤에는 조관우 형님, 주노 형과 무대에 서고, 휴일에는 댄스 팀과 공연을 했다. 댄스 팀과 전국 각종 행사를 할 땐 댄스를 가르치며 말도 잘 하는 내레이터 역할도 해야 했으니 춤뿐만 아니라 다방면으로 역량이 계속 늘었던 거다. 이런 경험이 지금의 내가 공연예술가로 활동할 수 있는 밑받침이 되었다.

# 06

# 차이를 깨닫자
# 현실이 달라졌다

비보잉이 한국에 대유행하던 시절인 1999년, 우혁이가 날 찾아왔다. 몇 년 전, 내 춤을 보고 간 뒤로 다시 날 찾은 거다.

우혁은 나에게 새로운 그룹을 만들 건데, 그 팀의 안무를 맡아달라고 했다. 나중에 알고 보니 JTL이었다. 흔쾌히 그러겠노라 하고 JTL의 안무 개발에 매진했다. 그러면서 안무가로서 실제로 옆에서 느끼게 된 아이돌 세계는 지금까지 내가 알고 있던 것과 큰 차이가 있음을 깨달았다. '내가 진짜 잘못 알고 있었구나……!'

'그 자리에 가기까지 얼마나 많은 노력이 있었으며, 그러한 노력을 바탕으로 인정받았기에 그만큼 큰 사랑을 받고 있었구나.' 함께 생활하며 보니 "마음 내키는 대로 춤춰온 우리는 저거 시켜도 못 해, 저거 아무나 하는 거 아니야" 하는 말이 절로 나왔다. 그때 비로소 이들을 존경하게 됐다.

언더그라운드 생활을 하며 쌓아왔던 자격지심, 사람에게 하도 치이다 보니 만나는 사람을 곧이곧대로 믿지 못하는 삐딱한 시선, 그래서 꼬인 마음. 그땐 내 안이 이것들로 가득 차 있었다. 그걸 깨닫기 전에는 '가수들이 추는 춤은 율동이다. 댄서들이 추는 춤과는 차원이 다르다'고 생각하기도 했다.

하지만 가까이서 지켜본 그들의 세상은 우리와 달랐다. 룰이 있고, 그들만의 세계가 있었다. 내 알량한 자격지심이나 삐뚤어진 마음으로 아무것도 아니라고 치부할 만한 그런 것이 아니었던 것이다. 생각을 바꾼 뒤에야 그들과 어울릴 수 있었다.

안무 작업을 하면서 우혁을 비롯한 그들과 수없이 많이 부딪혔는데, 문제를 해결하는 과정에서 깨달았다. 그들은 오히려 현실적이었고, 나에게는 개똥철학만 있었다. '아, 내가 꼰대였구나!' 그들이 더 순수했고, 그래서 더 열려 있었다. "이 춤 춰 보고 싶은데, 가르쳐줄래?" 그들은 궁금한 것이 있으면 언제든 사심 없이 다가왔다.

우혁은 당시 JTL의 안무를 맡아줄 것을 제안하면서 비즈니스적으로 명함을 내밀었다. 지금 와서 하는 말이지만, 그날 그가 가고 나서도 난 뭔가 불편했다. 지금 생각해도 명함을 주고 제안하는 그의 태도는 꽤 정중했는데 나는 무엇에 심사가 뒤틀렸는지, 뭔가 불만스럽고 개운치 않았다. 아마도 번듯한 모습의 그가 부러웠나 보다.

그들의 생활을 옆에서 지켜보면서 뭔가에 머리를 맞은 것처럼 현실을 깨닫게 되고, 그들을 존경하게 되니 나의 태도도 달라졌다. 태도가 달라지니 사람들이 나를 대하는 방식이 달라졌고, 내 생활이 바뀌었다. 사람들은 날 인정했고, 바빠진 스케줄이 이를 증명했다.

2004년 조PD 선배의 〈친구여〉 뮤직비디오에 출연한 뒤로 하나둘씩 CF 제안이 왔다. 그렇게 찍은 몇 개의 광고로 스타제국이라는 소속사를 만나게 됐고, 여기서 《One&Only》라는 솔로 앨범을 내게 됐다. 이 앨범에는 당시 내로라하는 당대 최고의 아티스트들이 참여했는데, 지금 봐도 손색없는 앨범이다. '한국 비보이 열풍의 주역', '대한민국 댄서들의 우상', '현존 최고의 댄스 지존', '세계 유명 댄서들 사이에서 인정받는 실력자.' 모두 나를 소개하는 말이었다. 인정받고 있음이 감사한 나날이었다.

이 앨범을 준비하던 시기에 어느 방송사에서 춤을 소재로한 드라마를 만든다고 연락이 왔다. 〈오버 더 레인보우〉라고, 지현우, 환희, 김옥빈, 서지혜 배우가 주연으로 활약한 무대를 향한 가수 지망생들의 욕망을 그려낸 드라마였다. 나도 여기서 조연을 맡았는데, 사실 이 역할은 다름 아닌 내 얘기였다. 문라이트 출신의 전설적인 언더그라운드 춤꾼. 춤 실력과 의리를 고루 갖춘 걸죽한 진국. 그룹을 이끌며 정신적 지주 역할을 하는 인물.

이렇게 연기까지 영역을 확장해 영화에도 출연하게 됐다. 이준기 씨가 주인공이던 〈플라이 대디〉라는 영화였다. 이처럼 연기자로 데뷔까지 하며 바쁘기가 이루 말할 수 없었다. 정말 열심히 활동했다. 그리고 2007년, 공들여 준비한 솔로 앨범이 발표되고 이어서 솔로 앨범과 같은 제목의 《One & Only, 나는 팝핀현준이다》라는 책이 출간되었다. 그 후 한참의 시간을 보내고 다시 이렇게 또 하나의 인생 챕터를 넘기고 있다. 그사이 참 많은 일이 있었다.

20대 후반이었던 2005년 무렵, 나이키에서 비보이 댄서들에게 운동화를 협찬했다. 나 역시 무한으로 운동화를 받을 수 있는 대상자였는데, 그때 관계자에게 이렇게 이야기했다. "모든 댄서가 에어포스 하나씩은 가지고 있을 정도로 인기잖아요? 심지어 댄스용 신발로 불릴 만큼. 제가 이런 에어포스에 그라피티를 해보는 건 어떨까요? 한정판으로, '에어포스-문워크' 괜찮지 않아요?"

지금 생각해도 괜찮은 아이디어다. 하지만 당시 너무 마니아적이지 않겠냐는, 사실상 거절 의사를 들었다. 그런데 지금 그걸 실현한 사람이 있다. 바로 '지드래곤.' 그걸 보며 느꼈다. '힘 있는 자가 역사를 쓰는구나, 더 성공해야겠다.' 당시 많은 인기를 얻고, 바쁘게 활동했지만 결국 역사를 남기는 것은 힘 있는 자 아닌가. 지금보다 더 힘을 길러야겠다고 그때 다짐했다.

2008년은 중국 베이징 올림픽이 개최된 해였는데, 이때 중국에 부는 한류 열풍이 대단했다. 당시 인기 있던 한류 스타들이 대거 중국 TV 버라이어티 프로그램에 참여했는데, 나 역시 이 분위기에 동참했었다. 이준기, 장나라 등 한류의 산증인들과 함께 올림픽과 관련 있는 공식 행사에 참석하면서 대한민국의 위상을 다시금 확인하기도 했었다. 하여튼 스스로 생각해도 뿌듯할 정도로 잘나갔던 시절이었다. 망상과 팩트, 그 차이를 알고부터는 눈에 보이는 결과물이 현실로 찾아왔다.

**스스로를 객관적으로 바라보는 것이 이렇게 중요하다.**
**깨닫고 나면, 현실이 달라진다.**

# 07

## 학교를 만들고,
## 제가 다니면 안 될까요?

31살이던 2009년, 교복을 입은 채 오픈카를 타고 학교에 갔다. 지금의 아내와 연애하던 때, 고등학교 교복을 입고 데이트를 하고, 교가를 힙합으로도 만들어봤다. 잊지 못할 시절이었다.

'A-force'라는 혼성 그룹 프로젝트 활동 후 잠시 쉴 때였다. 로데오 거리의 연습실 앞에 이 거리와는 어울리지 않아 보이는 두 여자분이 전단지 같은 것을 들고 무언가를 찾는 것처럼 두리번거리며 헤매고 있었다. 그분들께 혹시 뭐 찾는 게 있는지 여쬐보고 오라고 한 후배에게 시켰다. 두 분은 학교 선생님이셨는데, 근처에 있는 연습실을 찾고 있다고 하셨다. 그러면서 우리에게 혹시 춤추는 분들이냐며 물어왔다. 아무래도 하고 있는 행색이 그래 보였을 테니. 당시 난 광고에도 나오고 TV 프로그램에도 꽤 많이 출연하고 있었는데, 잘 모르시는 것 같았다.

"가수세요?"

"네, 가수 활동하는 연예인인데요."

"어머, 정말요? 그럼 하나만 여쭤볼게요. 이 근방에 댄스 연습실이 있다고 하던데…… 혹시 어딘지 알고 계실까요?"

두 분이 찾던 곳은 다름 아닌 우리 연습실이었다. 따라오라고 말씀드리고 연습실로 모시고 갔다. 그중 한 분이 연습실로 들어서며 벽에 붙은 포스터를 보고 말했다. "이분은 어디서 만날 수 있을까요?" 나를 정말 몰라보시는 거였구나.

어떤 이유로 우리 연습실을 찾고 계셨는지 두 분께 이야기를 들었다. 현재 개교를 준비 중인 예술고등학교에 춤과 관련된 학과를 개설할 예정인데, 이를 도와줄 사람을 찾고 있다고 하셨다. 나는 이야기를 듣고 우리가 선생님들께서 하고 계신 일을 도울 수 있을 것 같다고 말하고는 학교에 한번 가보겠다고 했다.

그때까지 몇몇 대학에서 강의 요청이 왔었다. 하지만 현역에서 활동하며 강의를 하는 일이 생각처럼 쉽지가 않았다. 그래서 모두 고사했는데, 이 일은 조금 달랐다. 우선은 새로 설립하는 학교에 새 학과를 개설하고자 하는 취지가 달랐고, 나를 비롯한 우리 신 사람들에게도 도움이 될 것 같았다. 기존에 만들어져 있던 강좌에 나가 수업만 하는 것이 아니라, 우리가 배울 수 있는 것을 새로 채워 넣는 일이니 분명 우리가 얻는 점도 많을 것 같았다.

그렇게 직접 찾아간 곳이 '한림예술고등학교'였다. 당시 교장 선생님이자 지금의 이사장님을 만났는데, 나이가 나와 동갑이었다. 훌륭한 일을 하신다며 서로 덕담을 나누고 이런 저런 이야기를 하다, "우선 제가 춤추고 싶어 하는 학생들을 위해 무료 스쿨을 열고, 가르치는 과정을 많은 분께 보여드리며 가능성과 비전을 제시해 보일 수 있을 것 같습니다. 그러면 학교에서 원하는 커리큘럼을 만들 수 있을 것 같아요" 하고 말씀드렸고, 교장 선생님은 흔쾌히 수락하셨다. 그렇게 준비한 커리큘

럼과 내용이 결국 지금의 '한림예술고등학교'가 만들어지는 데
도움이 되었다.

학교에서 다시 연락이 왔다. 이번에는 선생님으로 모시고
싶다 했다. "저도 학생들과 함께하고 싶은데, 사실 제가 중졸
신분이거든요. 그래도 가능할까요?" 고등학교 2학년 때 자퇴
를 했으니 최종 학력은 중졸이었다. 알아보니 본인의 학력보다
높은 교육기관에서의 지도는 어려웠다. 학교를 설립하는 데 처
음부터 함께했기 때문인지 상당히 아쉬웠다.

"그럼 혹시 제가 학생 신분으로 학교를 다닐 수는 없을까
요?"

31살의 나이였지만, 중졸 신분이었으니 고등학교를 다시
다닐 수 있지 않을까? 학교에서 한번 확인해보겠다고 한 뒤,
다시 연락이 왔다.

"네, 현준 씨. 학업에는 나이 제한이 없다고 하네요. 입학
가능합니다."

모두에게 잘된 일이었다. 나는 늦게나마 고등학교 졸업장을 딸 수 있어 좋았고, 학교는 나로 인해 홍보가 될 수 있어 좋았다. 나는 학교로부터 교복을 선물받고, 3년 장학생으로 입학했다. 그렇게 2009년, 늦은 나이로 1학년 1반 학생이 되었는데, 담임선생님이 나보다 한 살 어렸다. 빠지지 않고 누구보다 열심히 수업을 들었고, 덕분에 무사히 졸업했다.

중간에 학교가 없어질 뻔한 위기가 있었지만 많은 노력 끝에 재단법인으로 전환되어, 많은 분들의 축하 속에 한림재단 출범식을 치르기도 했다. 이제는 K팝 스타를 대거 배출하는 명품 학교로 그 이름을 더욱 공고히 하게 되었다.

참고로 샤이니 태민, 위너의 송민호, 블락비 피오, 브레이브걸스의 혜란 같은 친구들이 나와 함께 학교를 다닌 1회 졸업생이다. 이 밖에도 지금까지 멋진 활동으로 학교의 명성을 드높이는 졸업생과 재학생이 너무 많다. 연예계 활동을 하다 "저 한림예고 졸업생입니다"라는 말을 들으면 반갑기 그지없다. 동문 친구들도 학교도, 모두 파이팅이다.

# 08

# 이놈이
# 색시 보는 눈은 있어서

아내와는 2010년, 공연 〈뛰다 튀다 타다〉를 통해 만나게 되었다. 연습 기간 내내 마음을 키워왔던 내가 공연이 끝난 뒤, 몇 번의 만남 끝에 고백했고, 그녀도 이런 내 마음을 수락했다. 그때의 설레는 감정이 아직도 생생하다.

만난 지 한 달쯤 되었을까, 지금의 아내는 다가오는 아버지의 생신에 인사차 함께 내려가자고 제안했다. 아내가 34살, 내가 32살 때였는데, 아내가 부모님께 남자 친구를 데려가겠다고 이야기한 건 그때가 평생 처음이었다고 했다.

아내와 함께 아버님을 뵈러 목포로 향했다. 당시 내 머리는 노란색이었는데, "아버님을 뵈러 가려면 머리색을 바꿔야 하는 거 아니냐?" 물었지만 아내는 괜찮다고 했다. 부모님을 뵈러 간다고 상대의 모습을 바꾸게 하는 것이 미안하기도 하고, 맞지 않는다 생각했던 모양이다. 그때 잠시 검은 머리를 한다고 해서 내가 바뀌는 것은 아니니 있는 그대로의 모습을 보여드리고자 했을 것이다. 아내가 아버님께 전화를 했다.

"아빠, 내가 남자 친구를 데리고 갈 거야. 근데 이 친구가 춤을 추는 친구여서 머리 색이 좀 남달라."
"무슨 색인디? 빨간색이냐?"
"아니, 노란색인데."
"괜찮어, 그냥 데려와~."
"호탕한 목포 남자셨다."

아내를 따라 가족이 모인 방으로 들어서니 순간 모든 시선이 나에게 꽂혔다. 아내는 1남 4녀, 5남매 중 막내였는데 나머지 형제들은 이미 결혼하여 자녀를 두셨기에 식당의 작은 방 안에는 스무 명이 넘는 인원이 앉아 있었다.

방에 들어선 순간부터 나올 때까지, 아버님은 흔히들 딸이 데려온 남자 친구에게 물을 법한 것을 일절 묻지 않으셨다. 본적, 부모님, 직업, 앞으로의 계획 같은 것 말이다. 공손하게 인사드리고 식사를 하는데, 온 가족의 시선이 모두 나를 향하고 있었다. 젓가락질을 똑바로 하지 못하는 나는 상 위에 놓인 낙지와 싸움을 벌이고 있었다. 낙지와 겨루고 있는 내 모습이 꽤 안타까워 보였을 거다. 옆에 있던 박애리가 안타까웠는지 숟가락에 낙지를 떠 나에게 주었다. 이런 모습을 보시며 '혹여 딸이 남자 친구를 더 많이 좋아하는 게 아닐까' 마음이 쓰이셨는지 아버님은 나에게 처음으로 이렇게 물으셨다. "그래, 우리 딸이 좋냐."

눈치챈 내가 얼른 대답했다. "네. 제가 더 많이 좋아합니다!" 아버님은 다른 말씀 없이 바로 얘기하셨다. "그냥 올가을에 결혼해부러." 아내는 올 가을은 좀 빠른 것 같고, 일 년 정도 더 연애를 해보겠다고 얘기했다.

식사를 마치고 다시 서울로 올라오는 기차 안, 그제야 모든 긴장이 풀리며 나른해졌다. 아버님과 가족들을 뵌 건 고작 두 시간이었는데, 이틀은 지난 기분이었다.

박애리는 서울로 올라가는 길에 아버님께 전화를 해 어떠 셨느냐 물었다. "아따, 고놈 보니 세상의 때가 하나도 안 묻은 놈 같더라. 좋은 놈 같으니 잘 만나봐라." 아버님은 이어서 이 렇게 말씀하셨다고 한다.

"우리 막내가 보통 놈이 아닌디, 그것이 고른 놈이면 여간 야무지지 않겠냐." 아내가 나를 본 눈이 아버님과 같았나 보 다. 국악계의 프리마돈나가 남자 친구라고 데려온 녀석이 노랑 머리에 까맣고 마른 몸으로 젓가락질도 못해 쩔쩔매고 있으니, 이걸 보는 아버님은 어떤 생각을 하셨을까. 그런 와중에도 다 른 것은 일절 묻지 않으시고 '딸을 많이 좋아하냐'는 것 하나만 물으셨다. 정말 멋진 분이었다.

결혼 후에도 아버님은 사위들 중 나를 유독 예뻐하셨다. 다 른 사위는 일을 시켜도 나만큼은 이런 일 안 해도 된다며, 무릎 을 당겨 옆에 앉히셨다.

한번은 이런 말씀을 하셨다. "자존심은 밖에서 부려부러. 집 안에 들어오면 자존심은 농짝 위에 엉거부러." 전라도 말로 장롱을 농짝이라고 한다. 아버님은 남자 중에 남자셨다.

결혼하고 2년 뒤였다. 예술이가 태어나고 아버님 생신을 치른 뒤 아내와 스위스에서 공연을 준비 중이던 그때, 한국에서 비보가 날아왔다. 전화벨부터 느낌이 심상치 않았다. 공연을 취소하고 우여곡절 끝에 한국에 돌아오니, 그날이 아버님 발인이었다.

〈뛰다 튀다 타다〉를 통해 박애리와 만난 건 운명이었다. 지금도 가끔 둘이 이야기한다. "우리가 그 공연을 안 했으면 못 만났을까?" 대답은 늘 같다. 아마 어느 공연장에서든 만났을 거라고. 만날 인연은 만나게 되는 것 같다.

박애리를 만나기 전 나는 '내일은 없고, 오늘만 있다'는 가치관으로 살아왔다. 하지만 아내를 만나고 나서 '사람답게 사는 것이 이런 것이구나. 사회 구성원으로서 살아가는 것, 인간답게 살아가는 것이란 이런 거구나'를 깨닫게 됐다.

언젠가 어머니께서 말씀하셨다. "우리 아들이 사람 보는 눈이 좋아서 이런 색시를 얻었다." 아내는 나에게 새로운 삶을 선물해 주었다. 서로가 서로에게 또 다른 기회가 되었다. 불안정하던 삶이 아내를 만나 안정적으로 바뀌었다. 인성이 너무나 아름다운 사람, 모든 사람은 동등하다는 가치관으로 세상을 살아가는 사람. 장인어른께서 날 처음 보셨던 날, 아버님도 이런 아내와 내가 인연이라고 단박에 알아보신 걸까? 서로를 아름답게 바라보는 부부. 아버님이 하늘에서 우리를 보고 웃고 계셨으면 한다.

# 09

## 우리 둘의 만남이
## 융복합이었다

우리 둘의 사랑은 굳건했고, 날 믿어주는 양가 부모님의 지지도 있었다. 그러나 세상의 편견에 맞서 국악계의 프리마돈나와 결혼에 이르는 것은 쉬운 일이 아니었다. 사랑하는 사람들은 옆에서 힘을 주는데, 정작 우리를 잘 모르는 사람들에 의해 상처받고 아파했다.

이때, 어릴 때부터 부모님께 많은 사랑과 지지를 받고 자란 것과 안정적이고 결이 고운 아내의 응원이 나에게 정서적으로 도움이 됐다. 정작 걱정하는 척 나에게 상처 줬던 사람들이 내가 결혼해서 너무나 잘 살고 있는 모습에 깨갱했다. 하기야 어차피 처음부터 그런 건 중요하지 않았다. 단지 잘 알지도 못하면서 가만히 있는 사람에게 손가락질하고 돌 던지는 모습이 원망스러웠을 뿐. 하지만 이제는 이마저도 아무렇지 않다. 그들에게 관심이 없기 때문이다. 아내를 만나고 많은 것이 변했다.

아내를 만나기 전까지 나는 틀에 갇혀 있었다. 이건 이럴 것이고 저건 저럴 것이라는 결론을 겪지도 않고 냈다. 아내를 만나고 나서야 비로소 차근차근 단계적으로 올라가는 방법을 배웠다. 예술에 있어서도 아내가 이론적으로 탄탄하게 받쳐주고 있다. 내가 직관적으로 던지는 궁금증도 전문적인 내용으로 답변해 준다.

"여기서 이렇게 휘몰아치는 듯한 느낌을 주면 어떨까?"

"그럼 거기 이 장단을 쓸 수 있는데, 원래 그런 표현을 할 때 주로 이 장단을 써."

아내에게 예술적으로는 전문적인 이론을 배웠고, 삶에 있어서는 주변과 어울리는 법, 내가 가지고 있는 것을 다른 이들과 나누는 법을 배웠다. 지금껏 삶과 춤에 있어 그렇게 융복합을 외쳐댔건만, 정작 우리 둘의 만남이 융복합이었다.

하지만 아내 역시 나를 만나기 전까지는 마찬가지였다. 그녀 또한 틀에 갇혀 있었던 거다. 함께 〈불후의 명곡〉에 출연하면서 많은 사랑과 지지를 얻었는데, 여기 출연하기 전까지만해도 아내는 '국악인이 어떻게 운동화를 신고 랩을 해……' 하는 생각을 갖고 있었다고 한다.

나는 나대로, 아내는 아내대로 서로의 영역에 있어 가지고 있던 고정관념에서 벗어날 생각을 하지 못했다. 그도 그럴 것이, 그럴 일이 없었으니까. 2013년에 올린 공연 〈아리랑〉을 비롯해 〈불후의 명곡〉에서 선보인 많은 무대들이 그간의 틀을 깨고 국악과 힙합을 결합해 일궈낸 결과물이다. 이렇게 보여드린 여러 무대에서 관객은 늘 아낌없는 박수와 지지를 보내주셨다. 새로운 시도를 한다고 해서 우리가 지금껏 가지고 있던 것이 무너질지 아닐지는 겪어보아야 아는 것이다.

# 10

## 폭주족 안 뛰어야지,
## 엄마가 싫어하니까

집에서 쫓겨나 가족과 뿔뿔이 흩어졌을 때, 엄마가 유일하게 살려놓았던 게 삐삐였다. 정말 위급한 일이 생기면 연락이 닿아야 하니 그것만은 살려둔 것이었다.

길바닥 생활을 하며 친구들과 몰려다닐 때, 오토바이를 타고 폭주를 뛰는 애들도 있었고, 본드를 불고 가스를 마시는 애들도 있었다. 내가 그들에게 물들지 않을 수 있었던 건 두 분께 받고 자란 사랑 때문이었다. '엄마가 싫어하니까, 폭주족 안 뛰어야지.'

엄마가 아는 남현준은 예쁜 꽃을 꺾지도 못하고 보기만 하는 아이였다. 친구들과 싸우지도 못하는 아이, 산만하긴 해도 친구들과 사이가 좋은 아이. 하지만 질풍노도의 시기에 세상에 홀로 나와 많은 것을 겪다 보니, 나 역시 많은 것이 변했다. 사실 엄마는 내가 잘돼서 세상에 나오기 직전만 알지, 어려웠던 시절 노숙을 한 줄은 모르셨다. 17살 때, 알바비를 차일피일 미루던 사장은 수표 20만 원을 내 얼굴에 던졌다. 이걸 주워야 할지 말아야 할지 고민하던 내 자신이 서러워 아파트 옥상에서 수표를 들고 펑펑 울었던 기억이 난다.

힘든 시기를 겪고도 빠르게 성공할 수 있었던 건, 하루빨리 엄마를 모시겠다는 생각 때문이었다. 중학교 때까지 날 업고 다녔던 엄마의 사랑 때문에 엇나가지 않을 수 있었다.

언젠가 어머니께서 아버지를 회상하시며 한 일화를 들려주셨다. 아버지 고등학교 동창회에 부부 동반으로 참석하는 날이었다. 가는 길이 온통 흙길에 울퉁불퉁한 공사장이었는데, 그날따라 비까지 억수로 퍼부었다고 한다. 그 길을 지나 약속된 장소에 가자, 다들 좋은 차를 몰고 온 친구분들이 백이면 백 전부 자리에 앉으며 "대체 누가 여기로 장소를 잡은 거냐, 길이 너무 안 좋아 오면서 고생했다"며 한마디씩 하셨다고 한다. 그런데 유독 아버지만 아무 말씀 없으셨단다. 어머니가 "당신은 왜 아무 말도 하지 않느냐" 물으시니 "이미 도착했지 않냐. 남들 저렇게 다 한마디씩 하는데 거기에 나까지 보탠다고 뭐가 달라지겠냐" 하셨단다.

이런 두 분의 성품을 물려받고 자라서, 어려웠던 시기를 견뎌낼 수 있지 않았을까 싶다. 힘들 때마다 마음을 다잡을 수 있었던 건 '난 늘 부모님께 사랑받고 있다'는 확신 때문이었다. 보이지 않는 두 분의 힘이 거리에서 춤추던 나를 여기까지 데려온 거다.

# 11

## 나에게도
## 어려운 무대가 있다

나에게도 어려운 무대가 있다. 이 이야기를 하자면 김미경 강사와의 인연을 먼저 소개해야 하는데, 박애리와 결혼 발표를 하자 당시 신문사에 다니고 있던 김미경 누나에게 우리 두 사람의 스토리가 너무 흥미로워 인터뷰하고 싶다는 연락이 왔다. 그러겠다고 하고 아내와 함께 나간 자리에서 누나는 내 이야기를 쭉 듣더니 물었다. "혹시 강연할 생각 없어요?"

난 강연은 아내가 해야지 내가 무슨 강연이냐 했다. 누나는 나의 이야기가 너무 흥미로워 강연으로 전할 수 있는 메시지가 충분히 있다고 하셨다. 당시 누나는 스피치 교육을 하고 계셨는데, 내 이야기가 강연에 적합해지도록 스토리를 짜보자고 하셨다. 누나는 내 이야기를 쭉 들으시더니 순식간에 방향을 잡았다. 난 이것만으로도 대단하다 싶었다. 다른 사람 인생 이야기를 이렇게 한눈에 쏙 들어오도록 정리하다니!

"여기에 제가 살을 붙이면 되죠?"
"그렇지!"

머리가 아주 나쁜 편은 아니어서, 이렇게 저렇게 이야기를 만들었다. 누나는 말하는 기술을 알려주셨고, 난 지인들을 불러놓고 이를 수없이 연습했다. 이후 난 청소년을 위한 희망 강연, 불우한 학생을 위한 마음 치유 강연, 미혼모에게 희망과 용기를 주는 강연 등 많은 곳에서 내 이야기를 했다.

어느 날, 또 다른 강연에 설 기회가 왔는데 다름 아닌 한국전쟁 참전 용사를 위한 자리였다. 90세가 다 되신 참전 용사분들 앞에서 내 인생 이야기를 해야 하다니! 가기 전부터 이게 맞는 건가 싶어 생각이 많아졌다.

행사장에 도착하니, 가슴 가득 반짝이는 훈장을 달고 계신 어르신들이 앉아 계셨다. '이건 내 이야기를 할 게 아니라, 저분들이 살아오신 이야기를 듣는 게 맞을 것 같은데…….' 빛나는 수십 개의 훈장, 느껴지는 압도적인 당당함, 누구든 그 앞에선 작아질 수밖에 없는 근엄한 분위기였다. '여기서 내 짧은 인생 이야기를 해야 하다니, 그것도 길 위에서 춤추던 이야기를…….'

"제 전우의 머리통에 총탄이 날아들었습니다. 저는 내 안위가 더 중요해 사방에 총을 갈겼고, 총구가 어디를 향했는지는 기억도 나지 않았습니다. 총을 갈기고 포효하는 제 옆을 다른 전우가 지키며 함께 울부짖었습니다……."

당장이라도 이분들께 머리 조아려야 할 것 같았다. 이분들의 말씀을 듣고 있자니 내가 고생한 건 고생도 아니었다. 이런 분들 앞에서 보잘것없이 가벼운 내 이야기를 해야 하다니, 머리가 하얘지기 시작했다. 드디어 내 순서가 됐고, 난 나를 바라보고 계신 어르신들의 눈을 제대로 맞추지도 못한 채 완벽하게 그날 강연을 망치고 말았다.

다시 돌아와 미경 누나에게 이런 자리에 나를 보내면 어떻게 하냐고 하소연했다. 누나는 껄껄 웃으며 이야기했다.

"얌마, 그 사람들은 그 사람들이고, 네 스토리는 네 스토리야. '이렇게 하면 잘할 수 있다'를 말하는 게 목적이 아냐. 너는 네 이야기만 하면 되는 거야. 그다음은 듣는 사람 몫이고."

"그런 거야?"

"그래 얌마, 듣는 사람이 너한테 잘했다, 못했다 평가하려고 거기 앉아 있는 거 아니잖아. 판단은 그 사람들이 하는 거야. 그냥 어린 나이에 네가 경험한 얘길 하면 되는 거야. 만약 네가 거기서 가르치려고 드는 순간, 그게 망하는 거야. '나도 이렇게 힘들었는데 지금은 일어서서 여러분 만나고 있다.' 여기까지만 하면 그 결과에 대해서 걱정할 필요가 없다고. 그 이후는 신경 쓰지 않는 거야. 네 얘기 듣고 각자 다른 생각을 할 텐데, 네가 거기서 구구절절 더 말할 필요가 없지."

들고 보니 그랬다. 각자 전혀 다른 모습으로 사는데, 나와는 다른 삶을 살아온 사람의 경험을 듣는 자리 아닌가. 쉬워 보이지만 말하는 것만큼 듣는 것도 중요한 일이라는 것도 알았다. 듣는 사람의 몫도 있는 거다. 이럴 땐 그냥 내 얘기를 하면 되는 거였다. 다른 생각 말고 진심을 담은 나의 이야기를.

그날 이후로는 강연에 대한 자신감을 갖게 되었다.

# 12

## 비로소
## 무도를 배우다

태생부터 스트리트댄서였으니까, 다른 장르의 춤에 대해서는 전혀 이해하지 못했다. 아니, 이해해야겠다는 생각 자체를 못 했다. 중국에서 댄스스포츠를 배우기 전까지는 말이다.

2009년, 중국 상하이에서 펼쳐지는 대형 예능 프로그램에 참여했었다. 〈무림대회舞林大会〉라는 연예인 댄스 서바이벌 프로그램인데, 동방위성TV에서 매주 일요일 밤 9시에 방영됐다. 채연, 장우혁, 이정현, 미나, 간미연 씨 등의 한국 연예인들이 여기에 참가하면서 우리나라에도 이 프로그램이 알려지게 되었는데, 나 역시 출연하게 된 거다.

무림대회는 우리가 아는 무협지에 나오는 무술 고수들의 무예 대회인 '무림대회武林大会'와 발음은 같지만, 전혀 다른 뜻을 가지고 있다. 이를테면 '댄스 고수들이 모여 실력을 겨루는 대회' 정도로 풀어볼 수 있다.

당시 상하이도 온통 댄스 열풍으로 가득했는데, '리빙빙'을 비롯해 이 프로그램에 나오는 연예인들은 당대 최고의 인기를 누리고 있던 핫한 스타들이었다. 내가 참여할 당시에는 연예계 춤꾼들과 댄스스포츠 선수들이 함께 작품을 얼마나 잘 만들어서 대회를 펼치는지를 다루고 있었다. 그때까지만 해도 춤에는 자신 있었으니 금방 익혀서 잘할 수 있을 거라 생각했다. 하지만 그건 오만이었다.

댄스스포츠 경연이었기 때문에 왈츠, 자이브, 룸바, 파소도블레, 탱고 등의 춤을 배우고 섭렵해야 했다. 댄스스포츠를 배우면서 가장 충격적이었다고 할까, 내게 가장 자극이 되었던 건 춤에도 '무도武道'가 있다는 사실이었다. 나는 그걸 이때 처음 알았다.

나는 스스로 스킬이 좋고, 무대에 대한 감도 좋다고 판단해 굉장히 공격적으로 연습했다. 마치 '나 이 정도요'라고 보란 듯이 말이다. 그러자 프로그램에서 춤을 지도하시던 감독님이 날 불렀다. 그분은 오랫동안 중국에서 활동한 댄스스포츠 마스터이자 권위자였다. 그분은 내 춤을 보시더니 말씀하셨다.

　"참 잘한다. 몸도 예쁜데 힘과 탄력도 좋은데다 테크닉도 좋네. 현준 씨는 아주 좋은 댄서야. 근데 하나가 빠졌네?"

　"네? 그게 뭐죠?'

　"무도가 없어요."

　"네? 무도가 뭐예요?"

　"아, 무도를 모르나? 댄스스포츠를 배우는 건 춤이 아니라 무도를 배워서 몸으로 익히는 거예요. 내가 알려줄게요. 먼저, 땀을 흘리면 안 돼요."

　"아니, 어떻게 땀을 안 흘리고 춤을 추죠?"

　내가 반문하자 마스터는 말했다. 혼자 격렬하게 춤을 추니까 땀이 나는 거 아니냐고. 파트너와 함께 신나게 놀자고 약속하기 전까지는 사람들이 보기에 부담스럽다고.

"그렇게 땀으로 젖은 상태에서 파트너에게 춤추자고 손을 건넸을 때, 그 손 만지고 싶겠어요? 그래서 항상 깨끗해야 해요. 머리는 단정하고, 손톱이 깨끗하게 정리되어 있어야 합니다. 쉘 위 댄스, 손 내밀 때 상대가 불쾌하면 안 되거든요."

충격적이었다. 춤을 추기 전에 필요한 에티켓 정도로만 생각했던 것이 무도법의 일부라니. 이것도 춤의 한 과정이라니.

일단 내가 추고 싶은 대로 아무렇게나 추는 게 아니라는 사실에 놀랐고, 춤을 준비하는 과정도 춤의 일부라는 사실에 놀랐다. 다음으로는 이러한 내용을 일일이 입으로 전해 가르친다는 것에 또 놀랐다. 마스터는 이야기를 계속 이어나갔다.

"손을 잡은 상태에서 여성이 일어났다면, 여성이 먼저 갈 수 있게 에스코트해주세요. 뒤에서 그 친구의 뒷모습을 가려줘야 합니다. 내 파트너이기 때문이죠. 둘은 왕과 왕비가 되는 거예요. 정면을 향해 고개를 들고 와인 잔을 들 듯 상대의 손을 살짝 잡아주세요. 이건 댄스스포츠에만 있는 격이랍니다. 댄스스포츠는 상대방을 배려할 때 가장 높게 평가되는 멋있는 춤이에요. 어른들이 추는 춤이죠."

어른들이 추는 춤. 지금까지 들은 마스터의 설명에 의하면 내 춤은 애들이나 추는 춤이었다. 적어도 그들에겐 그렇게 보였다.

"애들처럼 예의가 없잖아요. 그리고 댄스홀에서는 운동화 안 신어요. 무도에 맞지 않아요. 힙합이 지닌 자유로움도 멋있지만, 이 춤이 가지고 있는 전통적인 정신도 굉장히 멋있어요. 우리 춤에는 스트리트댄스에는 없는 법칙과 예의가 있습니다."

이상했다. 우리에게는 이게 멋인데 이들에게는 그렇지 않았다. 그들의 문화 안에서는 마스터의 지적이 맞는 말이었다. 마스터의 말 하나하나가 귀에 콕콕 박혔다. 그동안은 댄스스포츠라는 춤의 영역에 관심조차 두지 못했는데, 이렇게 다른 장르의 춤으로 무도를 배우다니, 생경하면서도 놀라운 경험이었다.

이렇게 해서 왈츠를 추는데 내 마음이 급하니까 '쿵짝짝 쿵짝짝' 하는 기본 호흡을 배우는 데도 꽤 오랜 시간이 걸렸다.

"부드럽게 음악을 타면서 파트너와 '함께' 움직여야 해요. 빙판 위에서 팽이처럼 돌면서 예쁘고 아름답게 춤을 춰야지,

그렇게 기계적으로 추면 안 되죠."

이렇게 왈츠를 배우고 나서 그 뒤에는 남성미를 좀 더 뽐낼 수 있는 파소도블레도 배웠는데, 나중에는 다른 춤까지 장르를 조금씩 넓혀서 익히게 됐다. 그때 참 많이 배우고 느꼈다.

프로그램에 참여하는 건 예상과 다르게 상당히 힘들었다. 연습하는 과정부터 대회까지 모든 것이 매우 진지했고, 많은 시간을 필요로 했다. 마스터는 나중에 내가 잘하는 걸 보여줄 시간을 줄 테니, 정식으로 댄스스포츠의 기초부터 다시 배워오라고 했다. 힙합에서 벗어나라고 했다. "당신은 왕입니다. 왕비를 대하듯 권위 있는 모습으로 움직이세요."

돌이켜 보면 이때 이런 무도를 배운 것이 내 춤 인생에 꽤 도움이 되었다. 댄서에겐 버릇 같은 게 있다. 껄렁껄렁하게 걸어 다니는 그런 자세 말이다. 이때 배운 무도가 이런 내 모습을 조금 잡아줄 수 있겠구나 싶었다. 춤의 세계에 한 발짝 더 깊이 들어간 느낌이었다. 지금껏 댄스스포츠는 나와 관계없는 춤이라고 생각했는데, 이를 계기로 타 장르에 대한 존경이 생기게 되었다. 이렇게 댄스스포츠의 무도와 기술을 연습한 끝에, 결

국 나는 이 대회에서 왈츠 부문 1등을 차지했다. 물론 파트너
와 함께.

그리고 몇 년 뒤, 한림예술고등학교를 다니고 있을 때였다.
댄스스포츠 수업에 박지우 선생님이 수업을 하러 오시더니 출
석부를 보고 팝핀현준이 여기 왜 있냐며, 장난친 놈 나오라 하
셨다.

"선생님, 저 여기 있는데요."
"아유, 선생님이 여기 왜 계세요?"

그러고는 팝핀현준 씨는 그냥 옆에서 보고 계시라고 말씀
하셨다. 그렇게 무용실 한쪽에서 선생님의 스텝 하나하나와 손
끝, 시선이 어디 가닿는지 유심히 살폈다. 댄스스포츠의 권위
자로부터 나오는 무게감이 느껴졌다.

내 분야에서 최고가 되는 것도 중요하지만 다른 분야의 정
신과 전통을 아는 것도, 나를 위해 분명 필요한 일이다.

# 13

## 춤추지 않을 때도
## 다들 좋아해야 해

아버지가 일찍 돌아가셨기 때문에 평소 어르신들이 하는 이야기를 귀담아듣는 편이다. 다행스러운 건, 그래도 주제 파악, 상황 파악은 잘 되는 편이라 지금의 나를 만드는 데 이것들이 보탬이 되지 않았을까 싶다.

어떤 일을 시작할 때는 충분히 상상해보고 밑그림을 그린다. 그라피티와 그림을 그릴 때도 밑그림부터 시작하듯 기초가 탄탄해야 다음이 흔들리지 않는다. 이러한 습관은 아마 사회에 나와 활동하기 시작했을 때 많은 일을 겪으면서 훈련되지 않았을까 싶다.

2000년 무렵, "댄서들이 만든 회사가 있다면 얼마나 좋을까?" 하고 혼잣말을 내뱉었다. 이 얘기를 들은 나보다 대략 열 살 많은 형이 있었다. 그 형은 나에게 비트박스를 가르쳐주기도 했는데, 워낙 기획력이 좋고, 일을 좋아하던 사람이었다. 형은 그거 좋은 생각이라며 본인이 2,000만 원을 투자할 테니 회사를 만들자고 했다. 그간 주식회사를 만드는 데 어떠한 절차가 필요하고 어떤 방식으로 이뤄지는지 알 리 없었는데, '댄서들이 만든 회사'로 판을 벌이니 이것으로 회사라는 게 어떻게 돌아가는 건지 알게 되었다.

2,000만 원을 투자해준 형은 여러모로 나와 의기투합해 재미있는 일들을 종종 벌이곤 했는데, 그렇게 만들어진 회사가 '띵크피플'이었다. 회사를 만들고 형은 나에게 이사 자리를 주었다. 하지만 회사만 만들었을 뿐, 하는 일이 없었다. 당시 매주 월요일마다 회의를 잡아놨는데, 막상 뭘로 회의를 해야 할지도 몰랐다.

"형, 무슨 일이 있어야 회의를 하지. 아무것도 없는데 무슨 회의를 해요."

"회사는 원래 일을 만드는 곳이니까 우리가 아이디어를 쏟으면 일이 되는 거야. 생각나는 걸 다 얘기해봐."

막상 회의를 시작하니 나와서 멀뚱히 있을 뿐 제대로 말하는 사람이 없었다.

"다음 회의 때까지 각자의 아이디어를 담아 PPT를 만들어 와요."
난 그게 뭔지도 몰랐다. PPT 만드는 법을 그때 배웠다.

"남 이사, 발표하세요."
내가 쭈뼛거리자 형은 내 말을 자르고 이야기했다.

"나가서 우리 보고 인사하고, 자기소개를 하고…… 다시 해봐."
정신을 차렸다. 자리로 돌아왔다가 다시 나가서, 직원들을 향해 인사를 하고 입을 열었다.

"안녕하세요, 저는 이사를 맡고 있는 남현준입니다. 오늘

제가 말씀드릴 주제는…… 제 기술 중 하나인 이건데…… PPT로 함께 보시죠."

"잘 봤어. 근데 네가 춤을 좀 춘다고 사람들이 다짜고짜 널 좋아하지는 않아. 좋아한다고? 그건 단순히 네가 추는 춤을 좋아하는 거지. 춤에서 벗어났을 때도 다들 널 좋아해야 해."

이 말이 귓가에 오래 맴돌았다. 그리고 지금까지 이 말을 놓치지 않았다. 형의 말이 맞았다. 사람들은 내가 아니라 그저 화려한 춤사위가 좋을 뿐이었다. 춤추지 않을 때도 나를 좋아하려면 내 능력치를 키워야 한다.

나는 곧 이것을 주노 형에게 써먹어보았다. 당시에는 주노 형의 연습생으로 있으면서 이 회사에 몸담고 있었던 거니까, 주노 형에게 띵크피플을 통해 배운 것을 적용해본 거다. 내가 일본에 다녀와야 하는 이유를 PPT로 만들었다. 그리고 형 앞에 가서 발표했다.

"형, 제가 일본에 가려고 하는데요. 일본이 지금 춤에 관해서 이런 부분이 앞서 있기 때문에 제가 일본에 가서 이걸 확인해보고, 돌아와서 우리 춤에 적용시키겠습니다. 형의 동생이 춤으로 일인자가 되면 형이 곧 일인자가 되는 겁니다."

"갔다 와."

형은 너무나 쉽게 수락했다. 이제 방법을 알았으니 머릿속
에 있는 것을 꺼내 여러 상황에 적용하면 됐다. 그렇게 따내고
성사된 일이 많았다. 지나고 보니 그렇게 가는 곳마다 얻을 것,
배울 것이 많았다. 또 그것들을 가르쳐주고 함께 해줄 사람이
있었다. 감사한 일이다.

# 14

## 예술과 인생이
## 닮은 점

앞서 밑그림 그리는 걸 좋아하는 스타일이라고 했다. 밑그림을 잘 그려두면 다음으로 도약하기 훨씬 수월하다. 춤과 음악, 다른 일도 마찬가지다.

한번은 밑그림이 채워지지 않은 채 일을 해봤다. '이게 이렇게 돼야 하는데, 안 되네.' 그럼 이건 하면 안 되는 일이다. '이건 해도 되겠지?' 그렇게 했다가는 일을 그르쳐도 원망할 사람이 없다. 이렇게 일을 진행했다가 '아, 큰일 났구나, 괜히 했네' 했던 적이 있다. 한번은 그럴 수도 있다며 넘어갔다. 다음번에도 '괜찮지 않을까?' 하고 넘어가 봤다. 그때 확실히 알았다. 그러면 안 됐다는 걸.

　그렇게 해서 지금도 후회되는 작업이 있지만, 이것도 언젠가는 빛나는 결과물이 될 것이라는 생각으로 고이 접어서 나의 서랍에 넣어두었다. 언제고 다시 꺼내서 새롭게 만들려고. 〈불후의 명곡〉 촬영 중에도 이런 사례가 있었다. '이거 이렇게 하면 장난 아니겠는데?' 싶은 기획이었다. 그런데 연습 시간이 모자랐다. '연습을 두 번은 더 해봐야 하는데, 리허설도 있고 하니까 어떻게 되겠지 뭐.' 근데 아니었다. 이 '어떻게 되겠지'라는 생각 자체가 자만이었다. 그렇게 크게 깨달은 뒤로는 절대 그렇게 하지 않는다.

　수없이 해도 안 되면 그건 안 되는 것이다. 안 되는 것은 확실히 인정할 수 있다. 인정은 빠른 편이다. 연습을 열 번 정도 하면 충분한데, 열세 번 했다고 치자. 그런데도 틀렸다. 그럼 후회를 하지 않는다. 내 능력이 거기까지인 거다. 할 만큼 했기 때문에 후회가 없다. 내 능력이 부족한 걸 인정하고 깨끗이 잊는다.

미련이 남으면 그때는 나뿐만 아니라 주위 사람들까지 힘들어진다. 나는 스스로에 있어 엄격한 편이다. 내 화에 못 이겨 잠을 못 자고, 관련 없는 나머지 일까지 다 취소할 정도로 마음을 다스리기 힘들다. 이걸 잡아준 게 아내인데, 처음엔 이런 나의 모습을 보고 많이 다그쳤었다. '자신을 컨트롤 못 하는 건 아마추어'라고. "현준 씨가 가장 중요하게 생각하는 게 뭐냐. 자신을 조절할 줄 아는 거 아니냐. 그렇게 대응하면 그거 프로 아니다. 약속은 약속대로 가고, 이후에 당신은 당신대로 땅을 치고 후회하든 해야지. 그러지 마라." 아내가 사실만 콕 집어 뼈를 때렸다.

후회와 미련이 남는 무대나 일을 하고 돌아오면 좌절이 심한 편이다. 내 연습 부족으로, 실수 탓으로 그렇게 된 일은 다시 주워 담을 수도 없어 너무 괴롭다. 스스로 많이 자책하는 편인데, 이제는 셀프 상처는 받지 않으려 노력 중이다. 내가 나에게 상처받으면 빠져나오는 데 오래 걸리고 힘이 드니까. 나이가 들수록 회복되는 시간이 더 필요한 것 같다. 그래서 생각했다. '내가 똑바로 못 하면 큰일 나겠구나.'

이런 나를 두고 후배들은 성냥불을 소화기로 끄는 스타일이라고 말한다. 주위 사람들은 피곤할 거다. 하지만 '적당한 타협'이란 있을 수 없다. 어떻게 그럴 수 있나. 의사가 수술을 하다 정맥을 잘랐다면 그걸 실수로 자른 거라고 말할 수 있나? 애초에 그러면 안 되는 일인 거다. 한 후배가 이런 날 보며 말했다. "형, 〈잡스〉라는 영화 보셨어요? 그거 보세요." 후배에게 왜냐고 물으니, 그걸 보면 본인들이 무슨 이야기를 하는지 알 거라고 한다.

그런데 그렇지 않았다면, 지금의 결과물을 만들기 힘들었을 거다. 언젠가 아내가 일하다가 대중음악 평론가인 임진모 선생님을 만났다고 했다. 선생님은 아내에게 "현준 씨 잘 있죠? 안부 전해주시고 힘내라고 전해주세요" 하며 먼저 인사해주셨다고 한다. 아내는 이미 선생님과 내가 구면일 거라고 생각했는데, 사실은 그렇지 않았다. 선생님은 매체를 통해서 본 나에게 응원 메시지를 전해주신 건데, 이런 말씀을 전하셨다고 한다.

"저는 현준 씨 천재라고 생각해요. 그런 눈빛, 성격, 몸짓은 천재가 아니면 나올 수 없는 거예요. 눈빛이 다르잖아요. 그런 눈빛의 소유자는 타고난 재주꾼이에요. 그러니 박애리 씨가 잘 보듬어주세요."

한번은 김성녀 선생님께서 아내의 작품 발표회를 보러 오셨다. 아내의 공연 중 내가 특별 게스트로 잠깐 나와 한 꼭지 춤을 추고 들어가는 장면이 있었는데, 선생님은 내가 나오자 동작을 멈추시고는 끝날 때까지 그대로 있으셨다고 했다. 그만큼 집중하셨다는 얘기다.

공연이 끝나고 나는 다음 스케줄로 이동한 후였다. 대기실을 찾은 선생님은 아내를 보자마자 잘 봤다는 인사 대신 이렇게 먼저 말씀하셨다고 한다.

"얘, 네 남편 천재다. 너, 네 남편한테 돈 벌어오라는 소리 하지 마라. 소년의 감성과 천재성은 타고나는 거야. 그런 사람들은 우리가 보호해야 돼. 돈은 네가 잘 버니 남편한테 돈 벌어오라는 소리 하지 마라."

선생님의 말씀이 너무 감사해서, 그 뒤로 선생님께 따로 그림을 그려드렸다. 그렇게 알아봐주시는 분들이 계셔서 감사할 따름이다. 또, 이런 질문을 받을 때가 많다.

"가장 기억에 남는 개런티가 있나요?"

"어떨 때 예술가로서 만족하시나요?"
"당신에게 가장 큰 보상은 무엇인가요?"

본인의 속마음과 가치를 알아주는 참다운 친구라는 뜻의 '지기지우<sup>知己之友</sup>'라는 고사성어가 있다. 이렇듯 나를 알아주는 친구, 나를 알아주는 사람이 있음에 힘이 난다.

중국 춘추시대에 거문고의 명인인 백아<sup>伯牙</sup>와 그의 거문고 소리를 듣고 악상을 잘 이해해준 친구 종자기<sup>鍾子期</sup>가 있었다. 백아가 거문고를 켜면 종자기는 소리만 듣고도 백아의 생각과 기분을 척척 알아맞혔다고 한다.

어느 날 종자기가 병으로 죽자, 백아는 이 세상에 자기 거문고 소리를 알아주는 사람은 이제 없다며 거문고를 때려 부수고, 줄을 끊어버렸다고 한다. 이것을 '백아절현<sup>伯牙絕絃</sup>'이라 한다. 백아가 줄을 끊었다는 뜻으로, 자신을 알아주는 절친한 벗의 죽음을 슬퍼한다는 말이다.

예술가의 보상은 바로 여기에 있다. 돈이나 상이 아닌, 내가 행하는 예술적인 영감과 생각, 그 안에 담긴 철학을 알아주는 단 한 명의 친구만 있다면 그걸로 족하다.

인생은 나그넷길이라 하지만, 이 삭막한 세상길에 함께 웃고 때로 같이 울어주는 내 친구, 내 사람이 있다면 우린 이미 충분히 보상받고 있는 게 아닌가 하는 생각을 해본다.

소년의 감성을 가진 사람은 상처를 잘 받으면서도 칭찬에 약하다. 그래서 자칫 주변의 평가에 너무 쉽게 반응해 스스로 전부를 드러내기도 한다. 그러면 받지 않아도 될 오해를 받기도 하고, 사실이 아닌 일이 사실처럼 전해지기도 한다. 겸손과는 조금 다른 이야기일지 모르지만, 그래서 항상 나를 조금 더 낮추면 문제가 발생할 일이 줄어든다. 혹여 문제가 발생하더라도 해결이 훨씬 쉬워진다. 그래서인지 나이를 먹으면서 겸손이 필요함을 더욱 느낀다.

비슷한 맥락으로 나를 낮추고 다스려야 하는데, 그게 내 마음과는 다를 때가 있다. 내가 생각할 땐 내 잘못이 아닌데, 그렇다고 다른 이들에게 "난 잘못한 거 하나 없고, 나 잘났다" 하고 말할 수 없는 상황 같은 것 말이다. 또, 상대와 얼굴 붉히고 싸우고 싶지 않을 때도 그렇다.

전라도 사투리를 배우면서 이런 상황을 재치 있게 넘어갈 줄 알게 되었는데, 곤란한 상황을 나름대로 똑똑하게 넘기는 좋은 방법이 됐다.

언젠가 우리 집 앞에 모르는 차가 주차돼 있어 친한 동생이 차를 빼달라고 차주에게 전화했다. 차주가 잔뜩 성난 표정으로 나와서는 죄송하다는 말도 없이 본인 차로 다가갔다. 동생이 차주에게 물었다.

"어디 오셨어요?"
"어디 온 거 알아서 뭐 할라고. 지금 빼잖아."

다른 사람 집 앞에 차를 대고 출입문을 막은 건 본인인데 잔뜩 성이 나 있었다. 내가 그 아저씨를 처다보고 있으니 험한 표정을 지으며 계속 반말로 얘기했다. 예전 같으면 아마 나도 같이 소리쳤을 거다. 이번엔 그냥 내가 배운 전라도 사투리로 한마디 툭 던졌다.

"왐마, 똥은 지가 싸놓고 화는 나한테 내네."
"뭐?"

차주가 황당한 듯 처다봤다.

"차를 빼시면 모두가 해피해요. 그냥 차 빼시면 돼요".

차주가 말을 보탰다.

"뭐라는 거야? 너는 어디 가서 차 댄 적 없어? "

인상만큼 말도 험악했다.

"나는 없제~ 나는 그런 적이 없제~".

기가 찼는지 차주도 혼잣말을 한다.

"하이고, 잘났다. 잘났어."

나도 말했다.

"아따 나 잘난 거 동네 사람들이 다 알제~".

차주는 더 이상 말을 잇지 않고 차를 빼고 가버렸다.


동네 분들은 전라도 색시랑 살더니 재치가 늘었다며 웃고 넘어갔다. 사투리가 주는 유머와 위트. 이런 것들이 난감한 상황을 조금은 해결해 줄 수 있다. 하나의 스킬로 장착해 두면 재치를 발휘하면서 필요한 순간에 빛을 발한다. 그러면서 겸손하면 서로 덜 상처받고, 덜 상처 줄 수 있다.


예술과 인생은 닮은 점이 참 많다. 예술을 함으로써 인생을 알아간다. 그런 의미에서 늘 중요하게 여기며 사는 것이 있는데, 바로 '스스로에 대한 제어'이다. 이 연습을 하면서 그래도 과거보다 조금은 더 나를 낮출 줄 알고, 다스릴 줄 알게 되었다. 그러면서 한편으론 지금까지 열심히 살아온 나에게 고맙다는 생각을 한다. 스스로 칭찬해주고 싶다. 잘 살아왔다고.

# 15

## 길거리 춤꾼의 결혼,
## 기득권에 맞선 도전

집이 부도를 맞고, 집 밖으로 내쫓기며 갈 곳이 없어지자 길 위에서 잠을 청할 수밖에 없었다. 그렇게 2년 가까이 계속 을지로 순환선을 탔다. 거기서 잠을 잤다. 역무원이 와서 누워서 자면 안 된다며 깨우기도 하고, 지하철표가 없으니 쫓겨나기도 했다. 가끔 마음씨 좋은 역무원분이 자판기에서 음료수를 빼 주시기도 했다.

그렇게 도움을 받았다. 딱 보니 가출한 것 같고, 집에 안 들어가고 있는 것 같으니 들어가라고도 하시고, 이런저런 얘기를 나눈 적도 있는데, 나중엔 그런 얘기도 하기 싫어졌다. 그렇게 그냥 내 삶을 포기하게 됐다.

창피했다. 하지만 부모님 원망을 한 적은 없었다. 부모님 잘못은 아니라고 생각했다. 만약 누군가 부모님이 잘못한 거라고 얘기했다면 부정할 수는 없었을 거다. 하지만 그들을 원망한 적은 한 번도 없다.

엄마는 유일한 연락책인 삐삐만은 살려 놓으셨다. 방황하며 거리를 헤맬 때, 아마 주노 형을 만나기 전이었을 거다. 삐삐에 마지막 음성 메시지가 떠 있었다. 엄마였다. 얼른 전화하라고. 그때 처음 엄마에게 울면서 말했다. "왜 우린 이렇게 가난한 거예요?"

당시 어머니는 "사내새끼가 뭐 그런 일로 징징거리냐"며 혼을 내셨다. 처음으로 엄마에게 울면서 얘길 했는데, 오히려 모진 말을 들었다.

몇 해 전 어머니가 이때의 속마음을 말씀하셨다. 그때 미안하단 얘길 해줘야 했는데, 엄마가 안아주면 더 약해질까 봐 일부러 더 강하게 말씀하셨다고. 그러면서 펑펑 우셨다. TV 프로그램에도 소개된 적이 있다. '어머니는 그때 그런 마음이셨구나.' 내 마음도 미어졌다. 부모님과 헤어져 있던 시기, 그때 딱 한 번 울었다.

혼자 거리 위를 떠돌던 여름이었다. 신사동 거리의 벤치에서 잠을 자다 비가 와 잠에서 깼다. 비를 피하고 싶은데 갈 곳이 없었다. 건물 안으로 들어가려고 해도 모두 경비 아저씨가 지키고 계셔서 마땅히 들어갈 건물이 없었다. 비를 쫄딱 맞으면서 앙드레 김 언덕부터 신사 사거리까지 걸어갔다. 버스 안에서 사람들이 나를 내려다보고 있었다.

이렇게 불빛이 환하고 집이 많은데, 왜 내가 들어갈 곳은 하나도 없지?
성공을 하면 내가 가는 모든 곳에 집을 사야지.
여기가 좋다 하면 여기 있는 집을 사고
저기가 좋다 하면 저기 있는 집을 살 거야.

그렇게 비를 맞으며 강남 한복판을 걸었다. 같은 거리에 수없이 비가 쏟아졌겠고, 같은 버스는 수많은 사람을 실어 나르며 같은 거리를 오갔을 거다. 그렇게 시간이 흐르던 사이 내 이름으로 된 집과 차를 샀고, 결혼을 했다. 나의 성을 따르는 친구 같은 딸이 있고, 밤이 되면 어머니가 계신 단란한 우리 집으로 귀가한다. 한순간도 열심히 살지 않았던 때가 없었다. 여기까지 오는 동안 나를 슬프게 하고 좌절시키는 일도 많았지만, 그때마다 지혜롭게 위기를 극복했다. 내가 이 이야기를 꺼내는 건, 마치 어느 때의 나처럼 '내가 세상에 맞서 이겨낼 수 있을까?' 생각하며 망설이느라 아직 시작하지 못하고 있는 분을 위해서다.

어려운 시기를 흘려보내고 박애리를 만나 연애를 하다 결혼을 약속한 뒤, 주변 지인들께 인사드리던 때였다. 박애리의 지인으로 유명한 어느 박사님과 식사를 하던 자리였다. 결혼 소식을 전하는 자리였지만, 나는 평소 모습 그대로 찾아뵈었다.

파란 스포츠카에 팔뚝엔 타투, 노란 머리. 아끼는 수양딸이 결혼 상대자라며 데리고 온 녀석이 이런 모습인 게 마땅치 않으셨던 모양이다. 식사 내내 표정이 안 좋으셨는데, 식사 도중 박애리가 음식을 더 가져오겠다며 방에서 나가니 그분의 태도가 180도 돌변했다.

"야, 너 잘 들어."

'누구랑 전화 통화를 하시나 보군⋯⋯.'

"야, 너!"

"네? 저요?"

"그래, 너! 잘 들어. 지금 어떻게 된 상황인지는 잘 모르겠는데, 박애리 돈이랑 네놈 돈이랑 섞지 마."

그때, 박애리가 다시 방으로 들어왔다. 박사는 곧바로 표정을 바꾸며 나에게 말했다.

"응, 음식은 입에 맞고?"

전혀 다른 사람이었다. 나는 너무 놀라 시간이 어떻게 지났는지도 모르게 흘려보냈다.

"누나, 나는 여태까지 맨땅에 헤딩해서 여기까지 왔어. 하루도 대충 산 적이 없어. 진짜 열심히 살았어."

"알지."

"근데 다들 나한테 왜 그래? 내가 뭘 그렇게 잘못했어? 문신 있으면 무조건 범죄자야? 이렇게 옷 입으면 나쁜 거야? 내가 만약 발레나 오페라 같은 클래식 공연으로 성공한 아티스트였어도 사람들이 나한테 이렇게 얘기할 수 있을까?"

식사 자리에서 겪은 감정을 다 쏟아냈다. 박애리도 너무나 황당해하며 미안하다 말했고, 우린 같이 울었다. "누나 주변엔 속물만 있는 것 같아. 내가 그동안 살아오면서 겪은 나쁜 사람이 누나 주변에 그대로 다 있는 것 같아. 내 주변에선 내가 결혼한다고 했을 때, 전부 축하한다고 말했어. 단 한 명도 나한테 하지 말란 소리 안 했어. 원래 결혼은 이렇게 축하받으면서 해야 하는 거 아냐?" 박애리는 신경 쓰지 않고 둘이서 잘 살면 되지 않느냐고 위로했다.

기득권 안에 있는 사람들이 기득권 밖에 있는 사람을 편견으로 대했던 거다. 그날, 기회의 불균형을 느꼈다. 인정받을 수 있는 기회조차 주어지기 힘들다는 것. 막상 기회가 와도, 다른 사람을 뛰어넘을 만큼 특별하지 않으면 묻힌다. 그러니 무조건 잘해야 했다. 돌파구를 찾는 것 자체가 도전이고 모험이었다.

혹시 지금 '내가 힘이 없는데, 할 수 있을까?' 하고 스스로 묻고 계시다면, 물론 할 수 있다. 나도 했으니까. 내가 딱 그 케이스니까.

길거리 춤꾼이 기득권 안에서 인정받는 사람과 결혼하는

것은 세상에 맞선 도전이었다. 그리고 지금은 인정받았다.

**팝핀현준도 했는데, 여러분도 할 수 있다.**

# 하늘이 내려준
# 선물 같은 사람

박애리가 바라본 팝핀현준

현준 씨를 처음 만난 건 2010년이었다. 작품에 현준 씨가 캐스팅된 날, 연출가 선생님께서 상기된 표정으로 말씀하셨다.

"박애리 선생님, 제가 누구를 섭외했는지 아세요? 아마 깜짝 놀라실 겁니다. 제가 팝핀현준 씨를 섭외했어요!"

사실 그때까지만 해도 현준 씨가 추는 춤의 장르를 접할 기회가 많지 않았기 때문에 그를 잘 모르던 나의 반응은 연출가 선생님이 기대하시는 만큼이 아니었다. 선생님은 고작 이 정도 반응이냐며 시무룩하셨고, 그로써 나는 '내가 정말 대단한 분과 같이하게 됐구나' 생각했다.

그렇게 성사된 그와의 첫 만남. 그는 너무나 앳된 사람이었다.

공손히 인사하는 모습에 '젊은 사람이 인사성도 참 밝구나!' 생각
했다. 그 후 연습을 같이하게 됐는데, 매일 빠지지 않고 연습을 하
는 그의 모습에 놀라게 됐다.

나야 국립창극단의 단원이기에 매일 연습하는 것이 당연했다.
하지만 그는 달랐다. '작품에 특별 캐스팅된 객원 멤버가 이렇게
역동적인 춤을, 그것도 매일 이른 시간부터 춘다고?' 땀을 뻘뻘 흘
리며 실제 공연처럼 연습에 임하는 그의 모습을 보고 '참 건실한
청년이구나!' 생각했다.

어느 날 밤에 문득 이 사람이 궁금해져 검색을 하게 됐다. 그리
고 곧 〈아리랑〉에 맞춰 춤을 추던 모습을 발견했는데, 눈물이 났다.
'와, 이 사람은 단순히 춤을 추는 사람이 아니구나. 음악이 이 사람
안에 들어갔다가 다시 몸 밖으로 나오는 춤을 추는 사람이구나.'

그리고 다음 날, 현준 씨를 만나 이야기했다. "동생, 어젯밤에
동생 영상을 찾아보고 너무 감동받아서 울컥 눈물이 쏟아졌어. 정
말 멋있더라."

이렇게 호흡을 맞추며 그해 공연을 잘 마치고 나서, 앞으로 무
대가 겹치는 일이 적을 것 같아 이렇게 인사했다. "그간 너무나 멋

진 예술가와 무대에 설 수 있어 영광이었어. 나중에 다시 만나면 반갑게 인사할 수 있었으면 좋겠다." 그렇게 우리는 인사를 나누고 다음을 기약했다(하지만 바로 다음날, 그를 다시 만나게 됐다. 그가 이끌던 댄스 아카데미 친구들과의 소풍을 가장한 데이트 신청이었다).

현준 씨가 삶에 임하는 자세, 예술을 마주하는 본인의 철학을 들으면서, 나도 정말 예술가로서 치열하게 살아왔다고 생각했는데 '난 아무것도 아니었구나, 나는 이 사람만큼 내 전부를 예술에 걸어봤나?' 하는 부끄러운 마음이 들었다. '나는 그저 할 수 있는 만큼만 하며 살아오면서도 나름대로 자부심을 가지고 있었는데, 이 사람은 자신의 전부를 던지며 살아왔구나…….'

남편으로서도 존경스럽다고 생각하지만, 예술가로서의 팝핀현준을 더더욱 존경한다. 그런데 이런 마음을 나만 가지고 있었던 게 아니었다. 김성녀, 임진모 선생님 같은 주위 선생님들께서 남편의 진가를 알아보고 먼저 다가와 말씀해 주신 것처럼 말이다.

결혼 후 1년쯤 되었을 때, 나는 대학원 졸업 기념으로 콘서트를 열게 되었다. 김성녀 선생님은 나의 스승으로서 공연에 찾아주셨다. 나중에 선생님께 들은 이야기가 '그래, 애리 잘하는 거 알지' 생각하며 공연을 쭉 보시다가 특별 게스트로 현준 씨가 나오자, 의

자에서 등을 떼고 넋을 놓은 채 무대를 보셨다는 거다.

"너도 정말 훌륭한 예술가지만, 네 남편은 천재야. 마음껏 그 예술성을 펼칠 수 있게 그의 조력자가 되어라."

"네 남편한테 돈 벌라고 하지 마라"가 그때 나온 얘기였다. 현준 씨의 순수함과 천재성을 우리 같은 사람들이 잘 지켜줘야 한다는 말씀이셨다.

장사익 선생님께도 비슷한 이야기를 들은 적 있다. 한번은 선생님과 같은 공연 무대에 서게 되었는데, 선생님께서는 리허설이 진행되는 동안 분장실에 계실 법한데도 후배들의 무대를 보기 위해 직접 빈 객석에 자리를 잡고 앉아 계신다. 그때가 아니면 후배들의 무대를 보기 어렵기 때문이다.

그때, 현준 씨와 내가 리허설을 마치고 분장실로 돌아오자 선생님께서는 직접 우리를 찾으시며 순박한 어투로 말씀하셨다.

"아니, 춤을 너무 잘 추셔. 나는 깜짝 놀랐어. 현준 씨는 그냥 춤꾼이 아니여. 그 왜, 세계적인 사람들이 있어. 현준 씨가 그런 분이시네. 현준 씨는 지금처럼 그냥 춤꾼에 머물러 계실 분이 아니여."

나 역시 현준 씨가 선생님의 말씀처럼, 그냥 춤꾼이 아닌 그 이상의 퍼포머로 성장하길 바란다.

한번은 도올 김용옥 선생님께도 연락을 받았다. 도올 선생님께서 현준 씨의 첫 책이었던 《One & Only, 나는 팝핀현준이다》를 읽고 우셨다는 얘기였다. 그 책을 먼저 좀 구해달라고 하셨는데 우리에게도 남아있는 재고가 없었다. 한데 얼마 뒤, 선생님께서 직접 그 책을 찾아 읽어보신 것이다. 그러고는 책에 사인을 하라며 연락을 주셨다. 그렇게 KBS 2TV에서 방영됐던 〈도올학당 수다승철〉에도 출연하게 되었다. 남이 남긴 음식을 먹으며 노숙 생활을 했던 어린 시절을 비롯해 힘들었던 시절을 읽으시며 '얼마나 많이 참고 견뎌냈을까'를 알아주셨던 것 같다.

명창 안숙선 선생님도 나를 만나면 본인도 쑥스러운 듯 웃으시며 "팝…… 팝콘은 잘 있니?" 하고 안부를 물어주신다. 강렬했던 현준 씨의 무대를 기억하시고 말이다.

김성녀 선생님께서는 "이 사람의 예술 세계가 오롯이 펼쳐지고 그것으로 많은 사람들이 행복해질 수 있으면 좋겠다"는 말씀을 하셨다. 선생님께 그 말씀을 들었을 때 나는 너무나 감사했다. '선생님께서도 내 남편의 진가를 알아보시는구나.'

가끔 생각한다. 이 사람은 특별히 하늘에서 내려준 선물 같은 예술가가 아닐까. 때론 이를 몰라주는 사람들이 있어 속상하지만, 그럴수록 오히려 '내가 그를 더 잘 보필해서 빛을 낼 수 있도록 해야겠다'며 다짐한다. 내가 좋은 아내라서가 아니라, 이 사람을 알고 나면 누구든 그런 생각이 들 것이다.

언젠가 이제는 현준 씨의 지인이 된 분께서 그를 처음 만났을 때 이런 이야기를 했다.

"현준 씨 같은 사람을 알아보는 사람이 많지 않을 거예요. 하지만 나 같은 사람은 알아봐요. 그거면 충분하니 더 많은 사람이 알아주지 않는다고 서운해하지 마세요."

이런 분을 만날 때면 너무 감사하다. 다수가 알아주지 못하더라도 이렇게 그를 알아주는 소수가 있으니 현준 씨는 죽다가도 살아나는 그 힘으로 춤춘다고 한다. 팝핀현준의 예술 세계는 지금까지 그래왔던 것처럼 앞으로도 쭉 계속될 거니까. 지금보다 더 많은 사람이 현준 씨의 진가를 알아주고, 계속해서 빛을 내지 않을까 기대하며 살고 있다. 그리고 또 생각한다.

**'이 예술가를 잘 키워보자.'**

완성보다
계속 나아가는 삶

# PART 4

# 01

## 네 것이 남아 있어야 해,
## 지워지면 필요 없는 거야

1999년, 일본에 갔을 당시 클럽에서 춤추고 있던 한 친구의 모습에 매료되었다. 무아지경으로 춤을 추다 자신도 모르게 벗겨진 신발을 마치 의도한 것처럼 바닥에 두고, 다시 정신없이 춤을 추었다. 그는 벗겨진 신발로 전화를 받는 모션을 취하는 등 사람들의 시선을 한 몸에 받았다. 클럽에서 춤을 추는 게 아니라 공연을 하는 것 같았다. 이 친구의 그런 끼를 배우고 싶어 다가가 말을 걸었다. 그렇게 우리는 친구가 됐다. 이 친구 이름은 '고리'였다.

고리는 나에게 힙합에 관해 설명해 줬다. 힙합은 뉴욕에서 시작됐으며 4대 요소가 있다. 힙합의 4대 요소는 MC(랩), DJ(음악), 비보이(댄스), 그라피티(그림)인데 이 네 가지 모두 충실히 다루어야 한다고 했다.

고리를 통해 처음 접한 그라피티에는 올드스쿨, 버블링, 3D, 인물을 더하는 방식 등이 있었다. 사람들이 그라피티를 왜 남기기 시작했는지를 이 친구에게 듣게 됐는데, 쉽게 말해서 그라피티는 '여긴 내 구역이다, 여기 내가 왔다'는 징표를 남기는 행위다. 갱과 갱 사이에서 총칼 대신 문화로 이야기하자는 취지로 시작됐다고 했다.

지하철 1호선이 지나가는 라인에 '여긴 내 구역이야' 하고 표현하고 싶다면 1호선의 어느 구역부터 어느 구역까지 그림을 그리는 거다. 더 나아가 미국에서는 '트레인 바밍train bombing'이라고 기차가 뉴욕시를 한 바퀴 도니까, 기차 자체에 그라피티를 하는 이들도 나타나곤 했다. 기차에 내 구역이라고 표시하면 기차가 도는 뉴욕시 전체가 내 구역이 되는 거니까. 한마디로 내 작품이 세상을 돌아다니는 거다.

고리 역시 일본에서 코카콜라 광고판에 펩시맨을 그려 화제의 인물이 된 전적이 있다. 그라피티 하는 애들 사이에서는 유명한 일화다.

그라피티는 기득권에 저항하는 수단으로 사용되곤 했다. 지금 사회에서는 기득권 안에 들어가 있지 않으면 기회조차 얻기 힘들다. 그래서 '우리의 예술이 인정받지 못하고 차별받는다면 우리가 직접 캔버스와 전시장을 만들자'는 취지로 거리에 그림을 그리는 거라고 이야기하곤 했다. 그라피티로 메시지를 남기고 나를 표현하는 거다.

한번은 나도 고급 빌라촌의 담장에 그림을 그린 적이 있다. 그런데 다음 날 가보니 깨끗하게 지워져 있었다. 고리에게 이야기했더니 그러면 안 된다는 답변이 돌아왔다.

"만약 네가 그라피티를 했는데 다음 날 지워졌어. 그러면 거긴 네 그림이 필요 없는 곳이야. 그런 곳엔 그리는 게 아니야."

어느 날, 약수동에 있는 한 약국 셔터에 그라피티를 한 적이 있다. 바로 다음날 약사 아저씨의 반응이 궁금해 다시 찾아가 보았다. 약사님께 자연스럽게 말을 걸자, 약사님은 신이 나 말씀하셨다. 누구 작품인지는 모르겠는데, 개인적으로 너무 멋있어서 지우지 않겠다고.

'고리가 말한 게 바로 이거구나!' 그라피티는 지워지지 않아야 인정받는 거였다. 처음에는 그저 낙서로 치부되던 것이 지금은 새로운 프로젝트로 퍼져나가기도 한다. 예를 들면 버려진 마을을 꾸미는 일 같은 것 말이다.

먼저, 마을의 어느 한 곳에 우리가 좀 거칠게 그라피티를 하면 그 주변을 벽화 그리는 분들이 꽃으로 채워주신다. 그렇게 이 자유로움과 기존의 예술이 만나 조화를 이룬다. 지금은 그라피티가 이렇게 진화하고 있다.

처음 그라피티를 할 때, 대한민국에서 힙합 하는 사람을 찾아볼 수가 없었다. 당시 이태원에 가면 티셔츠를 샘플로 만들어주는 곳이 있었는데, 한 장에 8,000원씩 했다. 내가 그라피티를 해서 가져가면 그곳에서 스캔을 떠 그대로 티셔츠 위에 찍어줬다. 그렇게 만든 티셔츠를 입고 다니면 사람들이 전부 어디서 산 티셔츠냐며 물어봤다. 이런 반응에 재미를 붙여 이후 한 장당 2만 원씩 팔았다. 나에게 레슨 받았던 친구들은 다 그 옷을 입고 다녔다.

필요한 곳에 필요한 이야기를 한다는 것, 기존의 것에 저항 하면서도 조화를 이룰 수 있게 한다는 것. 이것이 그라피티와 춤의 닮은 점이라 할 수 있다. 그라피티가 삭막했던 공간을 자유로움으로 채워주듯, 나의 춤이 필요한 곳이 있다면 어디든 갈 것이다. 가자, 춤추러!

# 02

## 무식한데 당당한
## 피터팬 1

활동이 늘어날수록 만나는 사람도 많아지고, 사건도 늘어
난다. 나에겐 한창 바쁘게 지내던 2005년에서 2007년 즈음이
그랬을 때인데 2005년이었던가, 우연한 기회로 다른 장르의
춤을 접하게 된다. 그것이 현대무용이었다.

어느 날 연습실에서 연습을 하고 있는데, 새벽 2시쯤 전화
벨이 울렸다. 일본인 친구 '고리'였다. 이 친구는 한국을 너무
좋아해 불쑥 찾아와서는 길에서 생판 모르는 사람에게 휴대전
화를 빌려 나에게 전화를 하곤 했다. "현준, 한국에 왔으니 만

나자." 그런 캐릭터의 소유자였다. 그날도 이 친구에게 갑자기 연락이 왔다. 나는 마쳐야 하는 연습이 있어 함께 놀아줄 수 없다고 했고, 이 친구는 결국 혼자 홍대 클럽에 갔다.

워낙 춤을 좋아하는 녀석이었으니 예상은 했다. 그날 클럽이 뒤집어졌었다고 하는 걸 보니 생각보다 더 격렬하게 춤을 춘 모양이었다. 이를 지켜보던 두 명의 여성이 친구에게 말을 걸었다. 마침 두 분 가운데 한 분이 일본어가 가능해 어떻게 여기서 춤을 추고 있냐고 얘기를 나눈 모양이었다. 고리는 "한국에 춤추는 친구가 있어 만나러 왔는데, 아직 만나지 못했다"며 그 친구는 연습실에 있으니 보고 싶으면 같이 가자고 한 모양이었다. 그래서 이 일본 친구는 그날 만난 두 분과 함께 그렇게 연습실에 찾아왔다.

웬 여성 두 분이 일본인 친구와 한밤중에 연습실을 찾았으니 깜짝 놀랄 일이었다. 어떻게 된 건지 물으니, 클럽에서 만난 독일 분들이라고 했다. 또 그들이 교수라고 소개했다. 두 분 중 한 분은 한국계 독일인이었다. 그분은 나에게 춤을 한번 보여줄 수 있느냐고 물으셨다. 이런 경우 보통은 까칠하게 "그럼 돈 내세요"라고 말하는데, 그날은 웬일인지 그냥 보여주고 싶어 춤을 보여주었다.

춤이 끝나자 그녀는 본인이 곧 작품을 만드는데 내가 그 작품의 주인공으로 출연해줄 수 있냐 물었다. 순간 '아, 사기꾼이구나' 하는 느낌이 왔다. 차림도 명품 옷을 둘러 입어 행색이 일반인 같지 않았다. 그래서 "어떤 작품이죠?" 하고 물으니 현대무용이라고 답했다. 더욱 싫어졌다. 현대무용과 스트리트댄스, 거리가 너무 멀지 않은가.

조금 망설이다 주노 형 핑계를 댔다. "저는 지금 소속사에 속해 있어 사장님 허락을 받아야 해요." 내 말을 들은 그분은 어떻게 만날 수 있냐 물었고, 결국 다음 날 주노 형과 만났다. 주노 형은 그분의 이야기를 듣더니 나에게 좋은 기회인 것 같다며 한번 해보는 게 좋겠다고 말했다. 그렇게 성사된 현대무용 데뷔 무대. 난 태어나서 처음으로 아르코예술극장에 올라가는 현대무용 작품 속 주인공으로 서게 된다. 그 작품이 재독 현대무용가 김윤정 선생님의 〈닻을 내리다_피터를 위한〉이었다.

당시 현대 무용의 트렌드는 '콜라보'였다. 발레와 탱고, 혹은 고전과 같은 장르와 섞이기도 하고, 장르 자체를 구분하기

힘든 작품도 유행했다. 이런 흐름을 타고 우리나라에서도 힙합
과 현대무용이 어우러진 공연이 이렇게 무대 위에 오르게 된
것이다. 〈닻을 내리다_피터를 위한〉에서는 내가 주인공 '피터
팬' 역을 맡았고, 한 힙합댄서가 '그림자' 역을 맡았다.

후에 그녀가 왜 이 작품에 나를 캐스팅했는지, 어떤 마음으
로 이 작품을 이끌었는지 알 수 있었다. 조금 소개하자면 이렇
다. 김윤정 선생님은 당시 꺾는 동작을 표현할 사람이 필요했
고, 관절을 잘 활용해 분절적인 동작을 하는 데엔 힙합 댄서가
가장 적합하다 판단했다고 한다. 거기에 "기존 무용수가 아니
라고 이들의 실력을 깎아내리는 건 정말 권위적인 사고"라고
덧붙였다.

당시 함께 스트리트댄스 신에 있던 친구들과 무용계에 있
는 친구들은 나에게 복도 많다고 했다. 신에서도 늘 주인공으
로 무대에 서는데, 이제는 현대무용 데뷔도 주인공 역할로 한
방에 하다니. 그런데도 난 그때까지 그게 그렇게 대단한 건지
잘 몰랐다. 물론 지금은 잘 안다. 그리고 김윤정 선생님께 감사
하다. 우리의 인연은 지금까지도 이어지고 있다.

공연을 준비하면서 스트리트댄스가 아닌 장르에 대해 많이 배웠다. 작품을 준비하면서 스토리를 읽고, 캐릭터에 대한 분석과 토론을 해 나갔다. 스트리트댄스에서는 안무를 짜고 난 뒤에는 연습에 몰두할 뿐 스토리를 분석하고 연구하는 일까지는 없었다. 선생님은 스토리 분석을 하며 나에게 물었다.

"현준은 피터팬이 어떻게 그려졌으면 하니?"
"음…… 솔직히 잘 모르겠습니다."
"아니, 힙합을 그렇게 오래 했다면서 무대에 대한 개념이 이렇게 없어서 되겠어? 넌 왜 이렇게 무식하니, 근데 또 왜 그렇게 당당하니."

무식한데 오히려 당당한 그 모습이 선생님께 긍정적으로 다가갔을지 모르겠다. 언젠가 선생님께서 말씀하셨다. "현준은 굉장히 순수하면서도 무식하다. 그런데 이게 매력"이라고. 이게 지금까지 우리가 인연을 이어올 수 있는 이유였나 보다.

선생님은 박식한 분이셨는데, 항상 정치, 사회, 문화 같은 것을 한꺼번에 설명하셨다. "니체가…… 소크라테스가…… 히틀러가……."

난 이런 선생님의 해박함에 매료됐다. '예술가이면서 이렇게 똑똑한 사람이 있다니!' 나를 피터팬으로 만들어준 김윤정 선생님은 이렇게 나의 뮤즈가 되었다.

# 03

## 무식한데 당당한
## 피터팬 2

현대무용은 기존의 내가 추던 춤과는 공간의 사용법과 틀에서 완벽하게 벗어나 있는 춤이었다. 그에 반해 스트리트댄스는 여덟 박자의 반복이다. 철저하게 확실하다. 원, 투, 쓰리, 포, 파이브, 식스, 세븐, 에잇. 다시 처음부터 원, 투, 쓰리, 포, 파이브, 식스, 세븐, 에잇.

그런데 현대무용은 정해진 카운트가 없다. 어디까지나 본인 마음이다. 심지어 나중에는 카운트도 없이 호흡으로 간다. 그런데 이걸 무용수가 백이면 백 다 똑같이 해낸다. 똑같이 숨을 쉬는 거다. 정말 신기할 노릇이다.

그래서 한창 작품을 연습할 때, 처음엔 다른 무용수들을 따라가지 못했다. 같이 추는 무용수에게 카운트를 알려 달라고 했지만, 듣고 나면 때는 이미 지나가 버렸다. 숨도 동시에 쉬면서 눈도 똑같이 깜박이는 그들이 대단하게 느껴졌다. 김윤정 선생님은 현대무용의 내용을 이해하려면 전체적인 흐름을 알고 따라가야 한다고 말씀하셨다. 또, 그러려면 호흡법을 익혀 그대로 호흡해야 한다 하시고는 나에게도 그 호흡법을 알려주셨다.

선생님은 나의 호흡이 너무 짧은 점을 지적하셨다. 그런 식으로 춤을 추면 폭발적으로 보일지는 몰라도 오랜 시간 춤을 추며 하나의 스토리를 펼쳐 보이는 무용수가 될 수는 없다고 하셨다.

내가 그동안 사용하던 호흡법을 바꿔야 했다. 굉장히 어려운 일이었다. 이건 마치 가수에게 발성을 바꾸라고 하는 것과 같으니까 말이다. 이걸 받아들이고 나서야 연습 기간 동안 우리가 추구해야 하는 게 뭔지 공감할 수 있게 됐는데, 그러고 나니 작품에 빠져들 수 있었다. 작품을 이해하니 몸으로 체화된 동작이 자연스럽게 표현됐다.

당시, 작품을 위해 현대무용 레슨을 받았었다. 댄스스포츠처럼 현대무용 역시 나에게 또 다른 춤의 정신을 알려주었는데, 이 기회를 제공해준 김윤정 선생님은 인간적으로도 굉장히 매력적인 분이다.

김윤정 선생님과 처음 만난 2005년부터 우리는 말을 놓고 지낸다. 선생님과 나는 열한 살 차이가 나지만 "예술에 나이가 어디 있냐"며 말을 놓고 친구처럼 지내자 하신 분이다. 워낙 공부를 많이 하셨지만, 어린 시절 뉴욕에서 공부해 5개 국어에 능통하신 만큼 전 세계적으로 영향력 있는 인사들과 교류하며 내가 보지 못했던 세상을 더러 경험하게 해주셨다.

한번은 선생님이 계신 독일에 한 달간 있으면서 유럽 각국을 관광했던 적이 있다. 이때, 선생님은 나에게 또 다른 세상을 보여주셨다. 선생님과는 삶의 철학이나 가치관, 예술이나 그밖의 사회현상에 대해서도 언제든지 자유롭게 토론이 가능한데, 난 선생님의 이런 점이 너무나 좋아 지금은 선생님의 남자 친구와도, 또 나의 아내와도 함께 교류한 지 오래되었다. 나에게 현대무용이라는 새로운 장을 열어주신 분, 나에겐 춤과 인생에 있어 멘토 같은 그런 분이다.

# 04

## 주제 파악 능력
A⁺

누군가 나에게 춤을 춰야 할 때, 기존 공식을 활용해 추는 춤과 본능적으로 나오는 춤 중 어떤 게 튀어나와야 하는지를 어떻게 판단하느냐고 물은 적 있다. 춤이야 몸에 배인 것이 본능적으로 나오는 거고, 그 안에 일찍이 익혀 공식화된 춤의 기술이 있는 것인데……? 순간 이해가 잘 되지 않았지만 질문의 요지인 즉, 춤을 출 때 이성과 본능이 어떻게 작용하여 내 안의 춤을 이끌어내는지…… 뭐, 그런 얘기가 아니었을까 싶다.

질문을 받고 이 이야기는 굳이 춤에 국한해서 얘기할 게 아니라, '어떤 일을 했을 때 성공할 수 있는 방법'으로 설명할 수 있지 않을까 싶었다. 물론 실력이 뒷받침된 상태에서 말이다. 실력을 갖춘 뒤, 어떻게 해야 원하는 곳에 정확히 다다를 수 있을까?

과거 MBTI 성격 테스트가 유행하지 않았던 시절, 성향 분석을 하면 나는 주제 파악 능력이 늘 A$^+$였다. 일단 어떤 일이든 주제 파악을 잘 한다. 이를 위해서는 두 가지의 준비물이 필요하다.

하나는 기획이다. 기획을 잘해야 기회를 잡는다. 패션 아이템이 많으면 많을수록 패션 리더가 되기 쉽고, 패션 리더가 되면 그 분야에서 각광받는 사람이 된다. 유행을 만들 수 있는 사람이 되는 것이다. 춤도 마찬가지다. 춤도 캐릭터를 많이 가지고 있으면 그런 사람이 될 수 있다. 근데 그러려면 노력을 많이, 정말 많이 해야 한다. 턱시도를 가지고 있으면 트레이닝복도 갖고 있어야 한다. 트레이닝복 가운데에서도 여러 브랜드가 있지 않나, 상황에 맞게 꺼내 쓸 수 있는 캐릭터와 아이템을 두루 갖추고 있어야 한다.

어머니가 말씀하시길 내가 친할아버지를 닮아 이재에 밝은 편이라고 하셨는데, 공부하는 머리 말고 돈 버는 머리 있잖나. 이 머리가 발달되었던 것 같다. 주제 파악 능력이 좋은 것도 그만큼 상황을 빠르게 파악해 문제를 해결하는데 도움이 되었을 거다.

강연 제안이 들어왔다고 치자. 그럼 이 강연은 누굴 위한 것인지, 시범을 보이라는 건지 아니면 공연을 해달라는 건지, 여기 오는 사람들은 왜 모였는지, 후원사는 어디인지, 장소가 어디인지. 이런 것이 먼저 궁금해지는 거다. 그냥 일이 들어왔으니 아무 생각 없이 가서 춤을 추려고 하면 예상치 못한 상황들을 맞닥뜨리게 된다.

'여기서 이런 공연을 하는데, 후원사로 이 브랜드가 온다고? 그럼 이 옷이 있는데 이거 입고하면 좋아하겠네.' 이런 자세로 무대를 준비하면 이를 지켜본 브랜드에서 "우리 모델 합시다" 할 수도 있지 않겠나. 그렇게 일이 성사되는 거다. 준비 없이 가는 것과 상황 파악이 되어 있는 상태로 일을 하는 것은 결과가 전혀 다르다. 이렇게 하면 그다음이 또 만들어진다. 그래서 내가 좀 더 쓰일 수 있지 않았을까 싶다.

두 번째는 불가능이란 없는 예스맨이라는 점이다. 누군가 "이거 할 수 있어?" 물으면 대답은 늘 "당연하죠" 이다. 내가 보여줄 수 있는 기회만 온다면 늘 보여줬다. 심지어는 보여주지 않아도 되는 일인데도 불구하고 내 특기를 보여주고 무언가를 얻어내는 타입이다. 어떻게 보면 관계자나 PPL에 너무나 최적화돼 있는 사람인 거다.

어떻게 보면 계속 일을 만드는 피곤한 사람이다. 이렇게 하자, 저렇게 하자, 옵션이 너무 많이 들어가니 주위에서 늘 말한다. "좀 쉬어⋯⋯." 타이틀 곡을 맡기면 앨범 전체의 구성을 짜버리는 스타일. "타이틀 곡 안무는 이렇게 하면 될 것 같고 무대는 이렇게 하면 될 것 같고⋯⋯." 언젠가 앨범 트랙 전부에 관한 아이디어를 정리해 담당자에게 얘기했더니 그때 하는 말이 나중에 할 일 없으면 자기네 회사에 와서 음반 및 아티스트 기획을 하라고⋯⋯.

2005년, 〈사자후〉의 뮤직비디오를 찍으려고 영상 감독님을 만났다. 오전에 만나 회의를 하기로 했는데, 전날 밤에 콘티를 일일이 손으로 그렸다. 다음날 회의에서 콘티를 보여주니 감독님이 직원들에게 얘기했다.

"현준 씨가 영상을 하는 분도 아니고, 광고 기획을 하는 사람도 아닌데도 이렇게 해 오셨어요. 우리는 이거 보고 반성해야 됩니다. 단 한번이라도 이렇게 일해 봤습니까?"

그러면서 감사하다고, 덕분에 사그라들던 에너지가 다시 생기는 것 같다고 말씀하셨다. 재밌는 건 그러면서 혹시 회사에서 아르바이트 할 생각은 없냐고, 급여는 조금 쳐 주시겠단다. 난 그때 웃으며 앨범이 망하면 오겠다고 대답했다.

**주제 파악, 상황 파악이 잘 되는 예스맨.**
**이것들이 나를 여기까지 오게 했다.**

# 05

## 힙합이 뭐야?
## 내가 아는 힙합은 형이야

2022년 8월, 싱글 앨범 《Let's poppin》을 함께 한 양동근과 새 노래를 준비하며 이런 이야기를 나눴다.

"내가 아는 힙합은 형이야."
무슨 소리냐고 다시 물었다.

"내가 우리나라 힙합 아티스트랑 많이 작업했잖아. 근데 대한민국에서 진짜 힙합은 형이야. 왜냐면……."
이어지는 동근이의 설명은 이랬다.

"몸담고 있는 분야에서 계속 활동하고 있고, 본인만의 스탠스가 확실히 있고, 커리어도 확실하게 있잖아. 근데 돈도 있고, 실력도 있어. 그게 진짜 힙합 아니야? 물론 이걸 다 갖춘 아티스트는 많거든? 그런데 이들한테 없는 걸 형은 가지고 있어."

"그게 뭔데."

"화목한 가정이 있잖아, 형은 다 가지고 있어."

동근이의 말은 춤으로 모두에게 인정받으며 현역에서 활동하고 있고, 이걸로 돈도 벌고 있으면서 여기에 화목한 가족까지 있다는 거다. 그래서 내가 진정한 힙합이라는 얘기였다.

"그래, 이 노래가 그런 얘기야! 그런 메시지! '나도 팝핀현준처럼 할 수 있지 않을까?' 내가 하고 싶은 얘기가 이거라고!"

힙합 신에는 어린 친구들이 많다. 지금껏 보이지 않았던 반짝이는 실력의 소유자는 신생아처럼 계속 태어나고 있다. 이들을 좋은 선생님과 인프라로 교육하면, 힙합 신의 또 다른 별이 되는 거다.

힙합 정신으로 자신을 증명해 내는 것, 삶은 계속 이어지니 계속해서 나 자신을 증명해 나갈 것. 그러다 보면 어느새 내 인생이 하나의 메시지로 남게 될 것이다. 팝핀하면 삶이 즐거워진다.

# 06

## 쑥대머리를 부르며
## 브레이크댄스를 추는 아이

과거 문나이트에 있던 사람들은 날 보고 그랬다. 흑인 꼬마 애가 춤추는 것 같다고. 내가 춤추는 모습을 보고 예술이라 그랬다.

딸 예술이는 신기하게도 그림을 잘 그린다. 화가가 되는 게 꿈이라고. 피는 속이기 힘든가 보다. 노래도 잘 하고 춤도 곧 잘 추는데, 매번 엄마, 아빠가 무대에 서는 걸 보다 보니 무대에 대한 공포가 없다. 자연스럽게 노래하고 춤추며 말도 잘 하는 밝은 아이로 자라고 있다. 이름 그대로 예술이다.

예술이가 초등학교 2학년 때의 일이다. 음악 수업을 듣는데, 교과서에 엄마가 나왔다고 한다. 얼마나 신이 났는지 집에 와서 얘기하던 기억이 난다. 지금은 5학년인데, 담임선생님은 싸이월드가 인기를 끌던 시절, 내 영상을 틀어놓고 춤췄다며 나를 좋아한다고 하셨단다. 딸의 담임선생님까지 날 좋아해 주시니 감사할 따름이다. 무엇보다 아이는 또 얼마나 신이 났을까.

예술이와 꼭 해보고 싶었던 게 있다. 1980년대 가수 이재민의 〈제 여인의 이름은〉으로 함께 무대에 서는 것. 듀엣으로 부르기 딱 좋게 편곡했는데(《BACK TO THE OLD SCHOOL》앨범에 동일한 제목으로 실려 있다), 오로지 춤을 위한 노래로 만들어 듣는 음악보다는 보는 음악으로 안무를 구성했다. 예술이에게 이 음악에 춤을 가르쳐 함께 무대 활동을 하는 게 2022년의 목표였는데, 다행히 팬데믹 상황이 나아지면서 그 목표를 이룰 수 있었다.

가르쳐준 적이 없는데 그냥 엄마, 아빠를 따라서 곧잘 한다. 집에 노래방 기계가 있어 가끔 사용하는데, 혼자 시키지도 않은 〈쑥대머리〉를 부르며 브레이크댄스를 추고 있었다.

집에 있는 예술은 이런데 내 인생의 예술은 어떤가. 언젠가 인생과 예술의 비슷한 점이 무엇일까 생각했었다. 예술은 다듬음의 끝이다. 갈고닦기를 수없이 반복하면 반짝반짝 빛이 난다. 미술도 터치가 더해지면 깊어지듯 다듬을수록 반짝반짝 해지는 거다.

인생도 그런 것 같다. 인생은 모난 부분을 계속해서 다듬어가는 과정이 아닐까? 이 정도면 괜찮겠지? 했는데 만져보면 또 손에 걸리는 부분이 있다. 원석이 깎여 보석이 되듯 내가 나의 모나고 거친 부분을 다듬어야겠구나. 어제와 다를 바 없는 오늘도 잘 생각해보면 한 번 더 갈고닦고, 다듬어야 할 일들이 있다. 이걸 가다듬는 행위가 바로 예술이다.

# 07

## 국가대표 비보이
## 선발전

 

그동안 여러 대학에서 춤을 가르쳐달라는 제안을 받았고, 최근에는 한 국립대학 총장님께서 공연을 보시고 직접 연락을 주셨다. 여러 차례에 걸쳐 제안을 주셨는데, 대한민국 공연 예술이 이렇게 됐으면 한다고 생각해둔 바가 확실하게 있으셨다. 공연 예술에 대한 넘치는 에너지가 강렬하게 전해졌다.

총장님의 얘기인 즉, 이 학교에서는 국가대표를 많이 배출하고 있는데 사람들은 1등이 아닌 이들은 기억하지 못한다는 것이다. 하지만 1등이 아니라고 실력이 모자라는 것이 아닌 단지 그 날의 컨디션 차이일 뿐 모두 출중히 갈고닦인 국가대표 후보자들이라는 거다. 총장님께서는 "1등만 기억되는 세상에서 1등이 아닌 훌륭한 친구도 기억되는 그런 판을 만들고 싶다"고 말씀하셨다. 이런 이야기를 공연으로 풀어내고자 하셨고, 동시에 비보이 국가대표 선발전을 만들어 비보이 학과를 개설해 보자 하셨다.

너무나 멋진 계획이었다. 나 또한 필요하다 느끼는 일이였으며, 그 진심이 느껴져 더욱 고민할 수밖에 없었다. 하지만 나 역시 아직까지 현장에서 펼치고 싶은 꿈이 남아 있기에, "저의 능력치를 더 키워 추후 이 가치 있는 일에 동참하겠습니다" 하고 정중히 말씀드렸다.

생각이 같은 사람들끼리 만나 이게 사상이 되고, 문화가 되어 발전하는 건데, 아마도 나와 같은 생각을 하는 친구가 많지 않을까 싶다. 춤을 추는 사람이 춤추는 것뿐 아니라 교육받고, 그게 우리 삶 속에 녹아들고, 익숙한 문화가 되는 것. 그러려면 하나의 교육 시스템을 만들어 직접 그 안으로 뛰어들어야 한다. 이것이 내가 궁극적으로 하고 싶었던 것이다. 그리고 그 장르는 춤뿐만이 아닌 '복합문화예술'로 말이다. 진즉에 그런 공간을 만들고 싶었다.

이와 더불어 스트리트댄스만큼은 국가대표를 배출하는 '국립비보이단', '국립스트리트댄스단'을 만들고 싶다. 감독은 5년 담임제로 좋은 교육자가 올 수 있게끔 오디션을 열고, 대한민국의 스트리트댄스를 접하고 싶어 하는 해외 유학생과 장학생도 선발하고 싶다. 완성까지 많은 시행착오가 있겠지만, 결국 춤에 관한 새로운 패러다임을 만들 수 있지 않을까?

상상이 현실이 되도록 노력하고 있다. 박애리와 함께 이런 공간을 만드는 게 최종 목표다. K-스트리트댄스를 위한 복합 문화예술공간. 더 나아가서는 춤만이 아닌 다양한 문화가 어우러지고, 또 새롭게 만들어질 수 있는 그런 공간.

시간이 흘러 우리가 함께 하고 있을 '국가대표 비보이 선발전'과 'K-스트리트댄스 복합문화예술공간'을 상상해본다. 여러분도 그곳에서 만나길.

# 08

## 돈을 좋아해야
## 돈이 따라와

"돈을 좋아해야 돈이 따라온다."

돈을 많이 벌고 싶다는 후배를 만나면 꼭 해주는 이야기가 있다. 돈을 좋아해야 돈이 따라온다고. 이건 그냥 하는 말이 아니라고. 이런 마인드를 갖고 제 할일을 하다 보면 돈은 저절로 따라온다고.

그럼 후배들은 "어떻게 돈이 저절로 따라오느냐" 묻는다. 그럼 난 말한다. "돈에는 눈이 있고, 귀가 있어서 '나 너 좋아해'라고 얘기해야 돈도 날 좋아하게 돼 있어. 그러니 자본주의 사회 안에서 합법적으로 돈을 위해 할 수 있는 게 있다면, 무조건 어필하고 대시해. 나에겐 그게 '춤'이야. 네가 춤을 잘 춰? 그런 재능을 가졌어? 그럼 그걸 보여주고 팔아. 네 가치를 네가 팔란 말이야. 그 가치를 남들보다 잘 브랜딩해서 보여주는 방법을 가지고 있어야 돼. 이런 자기 계발이 첫 번째야."

이건 속물이 되라는 말이 아니다. 돈을 좋아하는 건 자연스러운 것 아닌가? 자본주의사회에서는 내가 가진 것이 얼마나 가치 있는지 얼마든지 물을 수 있다. 그것이 어떠한 능력이든, "너라면 네 걸 사겠니?" 그럼 답을 얻을 수 있다는 얘기다. 그러면서 항상 같이하는 이야기가 있다.

"이루고 싶은 꿈이 있어? 그럼 네 방을 먼저 정리해."

무슨 소리냐면 내가 제일 잘 아는 공간이자 제일 잘 쓰는 공간을 먼저 정리할 줄 알아야 한다는 거다. 그것도 정리가 안 된다면 당신은 아무것도 할 수 없다.

"방을 정리한 다음엔 거실 정리를 해. 다음은 집 전체. 하나씩 하나씩 다음 단계로 나갈 때마다 세상을 보는 눈이 달라질 거야. 동산에 올라가면 그다음은 좀 더 높은 언덕, 그다음 산, 또 그다음 산에 가. 그렇게 계속 오르고 오르면 결국엔 에베레스트산까지 갈 거 아냐. 거기까지는 못 가도 네 수준에서 오를 수 있는 제일 높은 산까지는 가볼 거 아냐. 상상해봐, 거기서 보는 세상이 어떨지."

돈이 왜 중요하냐면, 사람은 종종 돈 앞에서 무릎 꿇어야 하기 때문이다. 실력은 있는데 돈이 없으면 이 실력이 애먼 데 쓰이는 경우가 생긴다. 반대로 실력은 없는데 돈만 있으면 실력 있는 사람들에게 은근히 무시당한다. 그래서 돈과 실력은 공존해야 한다.

내가 무언가 표현하고 싶다면 우선 실력이 있어야 할 거다. 그런데 이것을 실현하려면 경제적으로 자유로운 상황이 더 유리하다. 돈은 좀 더 많은 꿈을 꾸게 해준다. 돈을 많이 벌고 싶나? 먼저 당신 방을 정리하라.

# 09

## 우린 늘 전쟁을
## 하고 있어

마스터라고 해도 아직 춤을 완벽하게 완성했다고 할 수 없기에 나 역시 항상 부족함을 느낀다. '아, 이렇게 해야 했는데' 하는 게 있고, '그렇게 해야지' 해서 했는데 안 된 게 있고, 때로는 계획대로 잘될 때도 있다. 그때 느끼는 희열은 말로 다 표현 못 한다. 영상을 몇 번씩 돌려보고 나 자신에게 감탄한다.

확신을 가지지 못한 채 시도했는데, 그게 너무나 편안하게 잘 될 땐 세상 모든 것들이 너무도 선명하게 보이고, 들린다. 그런데 힘은 하나도 들지 않는다. 호흡까지 완벽하게.

예를 들면 김연아 선수가 고난도의 기술을 시도했는데, 자신도 모르게 힘 하나 들이지 않고 부드럽고도 완벽하게 성공하는 순간이 있지 않겠나? 그런 순간과 비슷하다고 말할 수 있을까? 그런 순간을 맛보면 진짜 세상을 다 얻은 기분이다.

반대로 연습을 정말 많이 했는데 잘 안됐을 땐 죽고 싶을 정도로 힘들다. 심각하게 좌절한다. 그리고 난 생각보다 이 좌절에서 빠져나오기가 너무 힘들다. 내 성질이 유독 유별나서 그런가 생각할 때, 아내가 그런 말을 했다.

"예술가는 전쟁터에서 싸우는 전사와 같아. 우린 늘 전쟁을 하고 있는 거야. 질 때도 있고, 이길 때도 있어. 이 전쟁은 우리가 죽어야 끝나는 거야. 오늘 졌다고 우리 인생이 끝난 게 아니야, 내일 이기면 되니까. 그러니 오늘 졌다면, 오케이. 받아들이고 다음에 이길 전략을 짜 오자. 군사를 더 모아보자. 난 그렇게 생각해."

이 이야기를 듣고서야 비로소 독약 같은 나의 패배 증후군(이라 이름 붙여본다)에서 벗어날 수 있었다. 지금 졌다고 완전히 진 게 아니니까, 폭격당해서 전부 무너진 게 아니지 않나.

이 전투에서는 졌지만, 다음 고지를 선점하면 되지.

**우리의 오늘도 마찬가지다. 어차피 우린 늘 전쟁 중이니,
당장의 결과에 너무 낙담할 필요 없다.**

# 10

## 당장은 아니지만
## 언젠가는

나에게도 포기하는 순간이 있다. 나라고 모든 동작이 다 잘 되고, 모든 스킬이 다 구현되는 건 아니니까. 많이 연습했는데도 원하는 모습이 안 나오면 어떻게 하느냐고?

안 한다. 딱 접는다. 이건 아닌가 보다 싶으면 깨끗하게 포기한다. 포기한다고? 지금까지 긍정의 힘을 그렇게 외쳐왔으면서 이대로 그냥? 그렇다. 일단은 접어둔다. 그렇다고 내가 이 도전을 아예 포기하느냐, 그건 아니다. 당장은 하지 않는다는 것.

이대로 내 일상은 계속되고, 해야 할 다른 것을 묵묵히 해나간다. 그렇게 시간이 흐르며 조금씩 내가 바뀌고, 나를 둘러싼 상황이 변하면, 다시 기회가 온다. 때가 됐다고 느껴질 때, 다시 제대로 두드리는 거다. 그러면 열릴 수 있는 문은 열린다. 그래도 열리지 않는다면 '이건 조금 더 높은 차원의 내공이 필요한가 보다' 하고 다시 넣어둔다. 만약 내가 이 시간을 기다리지 못하고 진작 포기했다면 여기까지 오지 못했을 거다.

한 번 망해봤으니까, 한 번만 망했나? 여러 번 망했지. 그런데도 계속하는 이유는 결과를 떠나 일단 재미가 있고, 그만큼 세상과 더 소통하고 싶은 거다. 앨범과 춤, 그리고 그 밖에 내가 보여줄 수 있는 것들을 통해서.

또, 이것들을 여러분과 함께하며 쌓아가야 한다는 책임감도 있는데, 나중에 이것이 하나로 모였을 때(우리가 함께하는 춤과 음악, 공연 등) 이 에너지가 얼마나 커질지는 시간이 흐르고 시대가 변하면 드러날 거라 생각한다.

오랫동안 보관되며 모이게 될 많은 이야기. 눈앞의 시간에 쫓겨 조급해하지 않고, 긴 시간을 기다리고 버티며 지금의 것을 나중에도 볼 수 있도록, 많은 사람이 오랫동안 함께 즐길 수 있게 가능한 많이 모아보고자 한다. 그러려면 안 되는 것은 일단 넣어두고 다시 꺼낼 때를 기다리면 된다. 많은 것을 기록하여 간직하는 사람이 부자가 될 것이다. 나는 부자가 돼서 훗날 여러분과 그것을 함께 꺼내 보겠다. 그때까지 우리 모두 각자의 서랍에 가득 모아두기로 하자.

# 포기를 모르는
# 에너자이저

박애리가 바라본 팝핀현준

'이 사람에겐 바닥을 쳐도 다시 일어설 수 있는 에너지가
있겠구나.'

현준 씨가 살아온 이야기를 들으며 그런 느낌을 받았고, 내가
결혼을 결심하게 된 이유가 되었다.

'그가 바닥을 치고 올라올 수 있는 힘이나 원동력은 무엇일까?'
하고 생각한 적이 있는데, 그것은 현준 씨가 가지고 있는 긍정적인
힘과 사랑하는 가족이 아닐까 한다. 애초에 그는 누구에게 의지하
는 사람이 아니라 스스로 일궈내는 사람이었다. 그의 순수함과 창
의력, 그리고 이 장점을 뒷받침하는 부지런함과 추진력. 이 모든
것이 지금의 그를 있게 한 듯하다.

어느 날 예술이가 학교에서 우리 집 가훈을 적어오라고 했다며 가훈을 물었다. 그 김에 셋이 함께 고민했는데, 우리 집 가훈은 현준 씨가 늘 가슴에 품고 사는 말이며 세상에 전하고 싶은 말로 정했다. 마지막으로 이 얘기를 여러분께 들려주고 싶다.

어렵죠, 어렵습니다. 세상에 어렵지 않은 일이 어디 있겠습니까. 모두 저마다의 역할로 살아가기에 쉬운 일은 아무것도 없습니다. 하지만 그렇다고 못 해낼 일은 아무것도 없습니다.

# 춤, 하나의 몸짓이자
# 온전한 나를 위해

이 이야기는 제가 아끼는 친구에게 보내는 메시지와 같아요. 아끼는 사람에게 던지는 이야기로 이 책을 마무리하려고 합니다.

**누구를 닮고자 노력하지 말고 당신답게, 당신으로 사세요.**

내가 누구인지를 알아보는 게 중요합니다. 우리는 자꾸 나를 놓친 자리에 다른 사람을 대입해 인생을 살아가려 합니다. 그러다 보니 오류가 생기고, 이 오류를 다 겪고서야 내가 원하는 완성된 모습을 찾곤 하는데 그때는 번아웃이 온대요. 그냥 우리답게 삽시다, 누가 뭐라 그러나요.

난 이렇게 태어났는데, 왜 저렇게 사는 사람과 비교해야 하나요. 누구도 그러라고 하지 않았잖아요? 그러지 않아도 되지 않나요? 그냥 나답게 사는 게 어떨까요.

예전 DJ DOC 노래 가사처럼 살아요. 젓가락질 못해도 그냥 밥 먹고, 대머리면 가리지 말고 빡빡 밀고, 그렇게 살자고요. 세상엔 이런저런 사람이 함께 있기에 우리가 조화롭게 살수 있는 거예요. 눈치 보다가 세월 다 갑니다. 나중엔 하고 싶어도 못 해요. 적어도 내 주변에 있는 사람이 조금이라도 더 행복해질 수 있는 방법으로 자기 자신을 찾으면 좋겠습니다.

나답게 살고, 내 세계를 만들어 가면 '내 것'이 만들어집니다. 그건 고유한 거예요. 그래야 오래갈 수 있습니다. 다른 사람이 한다고 해서 하는 건, 유한해요. 유행이 지나 쓸모가 없어지면 버려야 할 것이 되거든요. 하지만 내 것은, 사는 동안 계속 같이 가는 거예요. 나만의 능력이 되는 겁니다. 그렇게 해서 '내 것'을 만드는 거예요.

에필로그

'서른 살에는 이걸 해야지. 사십, 오십 대에는 이걸 해야지.'
그런 건 없어요. 당신은 이미 누군가의 영감이고, 대단한 사람
입니다. 자신을 미워하지 말고, 나답게 살아요. 당신은 당신다
울 때 가장 아름답습니다.

*Poppinhyunjoon*

**사진작가 Simpson Kim**

스트리트 사진가가 되고자 2011년 뉴욕으로 건너가 매일 거리를 걸으며 사람들의 다양한 모습을 카메라에 담았다. 2015년부터 세계적인 패션 전문지 《WWD(Women's Wear Daily)》에 서울 패션위크 스트리트 패션 사진을 기고하고 있다. 또한 《Vogue Us》, 《GQ British》, 《WWD Japan》 등 다수의 패션지에 사진을 실었다. 지은 책으로 《스트리트 포토 파이터》가 있다.

# 세상의 모든 것이 춤이 될 때

**초판 1쇄 인쇄일** 2023년 1월 20일
**초판 1쇄 발행일** 2023년 2월 13일

**지은이** 팝핀현준

**발행인** 윤호권
**사업총괄** 정유한

**인터뷰&원고 정리** 심휘은 **편집** 신주식, 강세윤 **디자인** 김효정 **마케팅** 김솔희
**발행처** ㈜시공사 **주소** 서울시 성동구 상원1길 22, 6-8층(우편번호 04779)
**대표전화** 02-3486-6877 **팩스(주문)** 02-585-1755
**홈페이지** www.sigongsa.com / www.sigongjunior.com

ISBN 979-11-6925-542-4 03810

*시공사는 시공간을 넘는 무한한 콘텐츠 세상을 만듭니다.
*시공사는 더 나은 내일을 함께 만들 여러분의 소중한 의견을 기다립니다.
*잘못 만들어진 책은 구입하신 곳에서 바꾸어 드립니다.